AF346223

© J.J. Brandt, 2024
ISBN 978-2-9588166-2-9
Loi n° 49-956 du 16 juillet 1949 sur les publications destinées à la jeunesse
et aux jeunes adultes
Dépôt légal : Juin 2024

J.J. BRANDT

LE PACTE DE LA SIRÈNE

À Jean-Denis, Julien, Mathilde et Aline :
merci d'être mes compagnons d'aventure.

PROLOGUE
UNE CORDE
ET UN COQUILLAGE

L'Yrie englobait autrefois tout le sud-ouest de la Fédération d'Ennea. Elle abritait un peuple fier, qui avait choisi de ne pas courber l'échine devant l'unification imposée par l'Empereur Immortel. Les évènements exacts qui découlèrent de ce refus d'allégeance n'ont pas été relatés, mais aujourd'hui, l'Yrie n'existe plus et les Yriens ont été réduits en esclavage... Cela ne laisse que peu de place à l'imagination.

Extrait des Chroniques d'une vagabonde
de Rossana Velouria.

Tale s'empêchait de bouger, même si ses petites jambes flageolaient sur le bois flottant des docks. Du haut de ses quatre ans, elle savait déjà qu'elle n'avait pas le droit à la faiblesse. Sa mère se tenait droite à côté : une main s'abattrait sur son crâne au moindre faux pas. Alors, Tale endurait. Elle resterait debout.

Elle s'enivrait des effluves de la marée montante, de l'iode des embruns. Une odeur qu'elle associait à un ventre plein, quand elle trouvait des crevettes et des crabes à marée basse. Tale comptait les vagues jusqu'à en perdre le fil, puis recommençait, encore et encore.

Elle attendait la montée des flots, elle attendait que l'on remonte l'ancre du voilier au loin pour qu'il puisse rejoindre le quai. Elle attendait que Papa rentre pour la prendre dans ses bras et la fasse virevolter à toute vitesse. Elle attendait de pouvoir rire à nouveau.

Tale glissa sa petite main dans sa besace et caressa de son pouce le coquillage qui s'y trouvait. Un large sourire se dessina entre ses joues, elle avait travaillé dur pour préparer ce cadeau !

Elle profitait des jours où sa mère l'enfermait dehors pour rôder le long de la plage et y ramasser ce que les flots y déposaient. Un soir, alors que le Soleil se couchait et que les deux Lunes brillaient fort, la lumière des maillons cristallins de la Lune Enchaînée se refléta sur quelque chose qui dépassait du sable.

Tale avait alors déterré le plus beau coquillage qu'elle n'avait jamais vu de toute sa vie, du même rose que le cristal que portait toujours Papa à l'oreille. Elle l'avait ensuite nettoyé et poli du mieux qu'elle avait pu. Elle avait demandé à Aghiles, le seul garçon qui voulait bien lui parler, de l'aider à le percer et à y graver au couteau les lettres de son prénom. Elle y avait accroché un bout de corde, et son travail fut achevé.

Tale était si fière, elle imaginait la réaction de Papa. Serait-il heureux ? Arriverait-elle à le faire sourire ? Aurait-elle droit à un câlin ?

Une vive douleur lui piqua la nuque.

« Arrête de sourire bêtement, on va croire que tu es niaise. »

Le ton de sa mère ne laissait pas de place à la contestation. Le sourire de Tale s'effaça et elle se concentra de toutes ses forces pour ne pas pleurer.

Plus beaucoup de vagues... Je dois juste tenir encore un petit peu et tout ira bien. Une vague après l'autre. C'est facile.

De nombreuses vagues plus tard, le navire reprit sa course jusqu'au ponton où des gens s'affairaient déjà à aider à l'amarrage. Tout le village s'était réuni au port pour assister au retour des hommes partis en mer.

Tale n'avait jamais vu autant de monde rassemblé au même endroit : elle n'avait même pas assez de doigts pour tous les compter ! La foule s'anima d'excitation et le cœur de la fillette s'emballa.

Elle l'aperçut, et ne put se contenir davantage.

« Papa !

— Mais ne crie pas, tu vois bien qu'il arrive ! »

Les reproches de sa mère s'accompagnèrent d'un pincement dans le gras de son bras, mais Tale n'y prêta pas attention. Papa l'avait entendue et lui souriait de toutes ses dents. Il agita la main dans sa direction, la gorge de Tale se noua et ses yeux s'embrumèrent.

« Papa ! »

Elle hurla derechef, mais avec tellement de trémolos dans la voix qu'elle n'était pas sûre qu'il l'avait comprise. Mais il l'avait bien entendue : il se dépêcha de descendre. Il remonta la foule à contre-courant et attrapa sa fille alors qu'elle se jetait sur lui. Il la fit virevolter de ses bras puissants, les petits pieds de Tale se cognèrent contre des gens, sans qu'elle n'en eût cure. Bien vite, ses pleurs se changèrent en rire.

« Vous avez vraiment besoin de vous donner en spectacle comme ça ?

— Allons, mon amour, j'ai bien le droit de prendre ma fille dans mes bras, non ? J'ai même le droit de faire ça ! »

Papa la garda précieusement contre lui, et attira Maman pour plaquer ses lèvres contre les siennes. Elle se laissa aller le temps de deux souffles avant de le repousser. Son visage flamba du même rouge qu'une étoile de mer à peine sortie des ondes.

« Pas ici, tout le monde nous regarde.

— Tu t'inquiètes trop ! Ils aiment se rincer l'œil, c'est tout.

— Tu sais très bien de quoi je parle, allez, on rentre à la maison. »

Tale renifla l'odeur de son père et se sentit en sécurité. Ce n'était pas la première fois que sa mère parlait du regard des autres. Les mêmes regards qui se posaient presque toujours sur elle. Des regards que sa mère lui avait appris à fuir. Mais dans les bras de Papa, elle pouvait relever la tête.

Les gens se détournaient à sa vue. Ils chuchotaient entre eux. Des enfants de son âge, qui ne voulaient jamais lui parler, la montraient du doigt et riaient ensuite avec leurs parents. Tale ne comprenait pas pourquoi, mais ça l'embêtait : à chaque fois, ses joues chauffaient et des vagues de froid s'attaquaient à son ventre.

Sa mère lui avait dit que c'était à cause de la couleur de sa peau. Dans le village, on en voyait des gens à la peau noire, comme son père, ou des gens à la peau blanche, comme sa mère. Mais des petites filles à la peau entre-deux, une métisse, ça, ça ne devrait même pas exister.

« Je dois encore aider à décharger.

— Mais nous t'avons attendu tout l'après-midi !

— C'est très gentil, mais mon travail n'est pas terminé. On a même pas encore partagé le butin ! J'ai des revendeurs qui arrivent déjà ! Mais je suis content de vous avoir vu. »

Dès que ses pieds touchèrent le sol, Tale convoqua tout son courage. Elle plaqua ses lèvres l'une contre l'autre et gonfla ses joues.

Est-ce que j'attends ? Ou tout de suite ? Il n'y a pas de vagues à la maison pour attendre... Non, tout de suite !

Elle acquiesça d'un geste fort de la tête, plongea sa main dans sa besace et présenta à son Papa le pendentif.

« C'est pour toi ! Je l'ai fait presque toute seule. »

Son père attrapa le bijou par la corde et le souleva à hauteur d'yeux. Tale se pinça les lèvres, se trifouilla les doigts derrière son dos.

Il est content ? Il aime pas ? C'est le plus joli des coquillages, mais peut être qu'il aime pas les coquillages ? Peut-être que j'aurais dû trouver autre chose ? Le papa d'Aghiles, c'est une dent de requin qu'il a autour du cou. C'est ça que j'aurais dû lui trouver !

« C'est vraiment toi qui l'as fait, Tale ? »

La petite releva la tête et plongea ses yeux dans ceux de son père.

Pourquoi les yeux de Papa brillent comme ça ? Il aime pas ? Ça le rend triste tellement c'est moche ?

« C'est... Aghiles m'a aidé, mais juste un petit peu ! C'est à cause de moi si...

— C'est magnifique, ma petite louve de mer ! De la même couleur que ma boucle d'oreille en plus ! »

Il dénoua la corde et l'enroula autour de son cou. Tale

bondit de joie et se blottit contre la jambe de son père.

« Et bien, je vois que ce sont toujours les mêmes qui ont le droit aux jolis cadeaux... »

Sa mère lui lança un regard froid, mais Tale fit mine de ne pas le remarquer. Elle se cacha derrière le genou de son père.

« Cesse tes reproches ridicules, et aide-moi à l'attacher. »

Sa mère souffla d'exaspération et s'exécuta alors qu'un vieil homme fendait la foule dans leur direction, jusqu'à manquer de bousculer Tale. Il ne chercha pas à s'excuser, et se contenta de se planter aux côtés de Papa pour ensuite plonger dans un relatif silence.

Elle n'en croyait pas ses yeux : jamais Tale n'avait vu quelqu'un d'aussi bizarre dans son village. Il portait des morceaux de métal d'un blanc rutilant, et son crâne chauve était recouvert de dessins à l'encre noire.

On dirait un filet de pêche ou alors des vagues... Peut-être les deux ?

L'inconnu soupira et s'éventa le visage, avant d'y passer un mouchoir et de se racler la gorge.

« Je dois retourner au travail ! rappela Papa.

— Le travail, toujours le travail ! répondit Mère. » Elle lança un autre regard noir au vieillard, le détaillant de pied en cap. « Et nous ? Quand est-ce que tu diras que tu dois retourner auprès de ta famille ? De ta femme ? Hein ?

— Bientôt mon amour, bientôt ! »

Le sourire furtif qui passa sur ses lèvres interpella Tale, mais elle n'eut pas le temps de s'y attarder, car sa mère lui attrapa le bras et la traîna derrière elle. La fillette parvint tout de même à se retourner pour dire au revoir à son père, mais il discutait déjà à bâtons rompus avec le vieil homme.

Tale baissa les yeux, déçue, le visage ravagé par une mine boudeuse. Mais un éclat argenté lui changea bien vite les idées. Elle se délivra de l'emprise de sa mère pour se pencher et ramasser une magnifique bague ouvragée.

Elle la ramena près du soleil pour mieux l'observer et se régala de la finesse du détail. Une sorte de croix, mais avec deux branches de plus et des lettres gravées dessus.

Comme c'est joli !

Sa mère lui arracha la bague des mains et la rendit au vieillard qui fouillait et retournait toutes ses poches, et revint auprès de sa fille d'un pas lourd une fois qu'il la remercia.

« Non, mais franchement, tu parles d'un paladin ! Se balader avec ça, par ici, et le perdre ? »

Elle tira de nouveau sur le bras de Tale, la rouspéta pour des raisons qui lui échappèrent. Tale resta silencieuse et se laissa guider hors du port, à travers le village. Elle pensait déjà au repas du soir, à la délicieuse soupe de coquillages que Maman préparait toujours pour fêter le retour de Papa.

Elle imaginait déjà les merveilleuses histoires qu'il raconterait. Des batailles incroyables, des trésors fabuleux ! Peut-être même qu'elle aurait droit à son histoire préférée : la reine au bateau volant ? Peu lui importait finalement, car il terminerait avec la jolie berceuse qu'il lui chantait à chaque fois pour l'endormir. Elle s'empêcha de sourire, mais son cœur, lui, en était béat.

Mais ce soir-là, il ne rentra pas.

Papa ne rentra jamais.

1
LE SEL DE L'ENFANCE

L'Archipel des Barbes, pauvre chapelet d'îles perdues au milieu d'une mer éponyme. Le résultat d'un cataclysme provoqué par la Sorcereine il y a 700 ans. L'Empire du Lyon, à l'ouest, et la Fédération d'Ennea, à l'est, s'affrontent depuis tout ce temps pour la suprématie de ce territoire. Il faut dire qu'une des chaînes de la Lune Entravée prend racine sous les vagues, au milieu de tous ces îlots : ni l'Empereur, ni le Conseil ne peut laisser à l'autre le privilège de protéger un tel lieu sacré.

Extrait d'une leçon sur les bienfaits de la géographie, rentrée 1088, académie de Sandyr.

Tale attendait, accoudée à la fenêtre du débarras qui lui servait de chambre. Bien que petite, la pièce lui permettait d'avoir un lit, un bureau et une armoire bien à elle, mais guère plus. De toute façon, il ne lui arrivait que rarement d'y faire autre chose que dormir.

Aujourd'hui ne dérogeait pas à la règle. Elle comptait les vagues en se reposant uniquement sur ce qu'elle entendait ; malgré la lumière des étoiles et des chaînes d'Enthrall, la Lune Entravée, elle ne distinguait pas les remous. La nuit régnait encore, mais plus pour longtemps. De l'orange et du rose poignait déjà à l'horizon.

Tale acquiesça.

Elle ferma discrètement sa fenêtre, réajusta sa tunique légère et resserra le foulard qui retenait une bonne partie de sa chevelure brune. Elle ouvrit délicatement la porte, et tendit l'oreille.

Des gémissements réguliers lui parvinrent, à peine étouffés. L'une des filles devait encore travailler, et vu l'heure, son client devait très certainement être le père d'Aghiles. La mère serait donc d'une humeur exécrable toute la journée. Autant partir au plus tôt et rentrer au plus tard, d'autant que si Barbe-Folle était de retour, Aghiles le serait aussi.

Elle s'élança dans le couloir et, avec une adresse toute féline, gagna les escaliers. Elle retint son souffle quand elle dépassa la chambre de la mère, se hâta de traverser la salle de la taverne pour sortir en passant par la fenêtre.

Tale s'étira, ravie du succès de son opération, et profita des premières lueurs du jour pour se rendre sur la plage. Elle se rappela le long trajet qu'il lui fallait autrefois emprunter pour s'y rendre : son ancienne maison se trouvait alors à trois pas des portes du village.

Aujourd'hui, elle vivait dans la taverne que sa mère dirigeait d'une main de fer, qui s'éloignait de plus en plus du commerce de boissons pour se spécialiser dans celui de corps dévêtus, à son plus grand désarroi.

La mère lui confiait de plus en plus de corvées liées à la nouvelle spécialisation de son négoce, pour la « préparer », selon ses dires.

Tale n'avait beau avoir que quinze ans, elle savait ce qu'impliquait la profession de catin : l'obligation d'obéir à celui qui donnait des pièces et crier de longues minutes, des suites d'un supplice qu'infligeaient les hommes. Un supplice fatigant, salissant, qui laissait parfois des traces, des ecchymoses ou même des plaies ouvertes sur de jeunes femmes hagardes au bord des larmes. Non. Malgré toute la préparation que lui imposait la mère, jamais elle ne deviendrait ribaude.

Hors de question.

L'odeur du reflux apaisa la colère qui sourdait de ses pensées. Elle venait d'atteindre le phare, tout au bout de la jetée. Elle y posa une main et se délecta de la fraîcheur de la pierre tout en jetant un œil aux docks. Son cœur se serra. Les pontons avaient bien changé en onze ans.

Sadsande ne pouvait plus être qualifiée de petit village, il avait bénéficié du nouvel essor de la piraterie. De nouveaux bâtiments avaient fleuri et le port s'était agrandi.

Pourtant, Tale reconnaissait encore l'endroit exact où son monde avait chaviré.

Papa.

Voilà onze ans qu'elle survivait à son absence. Elle accorda une prière silencieuse à Leoht, le Soleil, pour qu'il veille sur lui où qu'il se trouvât. Elle se garda d'en adresser une autre à Enthrall, son âme ne pouvait pas encore l'avoir rejointe.

Papa... Je sais que la mère me dit ça pour me faire du mal : tu ne m'aurais jamais abandonnée comme ça. Quelque chose t'empêche de revenir à nous. Dès que je pourrai, je te retrouverai.

Elle tourna le dos aux quais et essuya les larmes qui coulaient sur ses joues. La plage s'offrit à elle et elle sourit. Là bas, parmi les bassins tapissés d'algues et de coquillages qu'avait découverts la marée basse, une tache rousse soulevait des cailloux à la recherche de crabes. Tale plaça ses mains en porte-voix et hurla à pleins poumons :

« MATELOT AGHILES ! LES CRABES SONT POUR MOI ! »

Le jeune homme sursauta et manqua de tomber en se retournant. Il agita ensuite le bras et Tale dévala la plage à toute vitesse, accompagnée de ses propres éclats de rire, en remuant ses bras dans tous les sens.

Elle dépassa le sable mouillé pour courir sur les amas de bernacles et d'algues qui tapissaient habituellement le fond des vagues. Le bout de sa semelle buta contre une coquille qui dépassait d'un peu trop. Elle fut projetée en avant, en perdant son équilibre. Elle tenta en vain de le retrouver, et tomba sans grâce dans une des mares qui se formaient alors dans l'estran.

Bien que blessée dans sa fierté, elle apprécia son ablution d'infortune. Sous l'eau, la surface s'estompait. Sa vie s'assourdissait, elle aimait à penser que sa peine aussi s'amenuisait.

Tout est calme ici. Pas de mère qui me crie dessus. Personne qui me court après.

Mais bien vite, l'appel de l'air se fit irrépressible. Le monde reprit ses couleurs. Tale remonta à la surface, et les premiers sons qui lui parvinrent furent les rires moqueurs de son meilleur et unique ami.

« Ce n'est pas drôle du tout ! J'aurais pu me faire mal, tu sais ? s'indigna Tale.

— Je t'assure que même si c'était le cas, ça resterait

drôle ! Tu aurais dû voir ta tête... toute fière et d'un coup !
La fin du monde dans ton regard ! Tes yeux verts tout écar-
quillés, comme un chat quand il tombe ! Puis d'un coup,
l'espoir ! Peut être que tu vas réussir à... non ! Tu réalises
que tu vas te gameller. Plouf ! Hahaha ! »

Outrée, Tale jeta des poignées d'eau salée sur son ami
qui répondit en enlevant sa chemise, ses chaussures et
son pantalon pour plonger à son tour. Tale suivit sa silhouette sous les ondes et tenta de le fuir, mais le bassin
ne laissait pas beaucoup de places pour y nager.

Aghiles jaillit de la surface pour s'appuyer sur sa tête
et fit mine de la noyer. Elle se laissa faire, profitant de la
poussée descendante pour saisir les sous-vêtements de
son ami et les emporter avec elle au fond de l'eau. Elle se
dépêcha de regagner la surface en escaladant bien vite la
paroi râpeuse pour exhiber son trophée.

« Oh ! Regarde ce que j'ai là ?

— Ça, par contre, c'est pas drôle Tale ! »

La jeune fille haussa un sourcil et offrit son sourire le
plus sardonique. Elle recula de quelques pas, s'assit et
posa son butin près d'elle.

« Viens les chercher s'ils te manquent tant que ça.

— Tu es la pire ! »

Aghiles remonta tant bien que mal en veillant à cacher
d'une main son entrejambe. Son visage était rouge de
honte, presque aussi flamboyant que sa chevelure. Tale
ne put s'empêcher de noter que sa musculature s'était
développée en même temps qu'il avait grandi.

Une injustice de plus. Ils avaient le même âge, mais son
corps à lui se renforçait à toute vitesse, alors que le sien...
On le « préparait ».

Elle ne rechignait pas à l'effort, elle se donnait corps et âmes à ses corvées. Au début, c'était par peur de la mère, mais ensuite... Elle se sentait devenir plus forte, elle voyait les muscles de ses bras, de ses jambes se dessiner. Mais dès que sa mère s'en rendit compte, ses corvées changèrent pour des tâches beaucoup moins physiques.

Elle perdit tout ce qu'elle avait gagné. Tale se rappelait du physique imposant de son père, elle savait ce qu'être pirate demandait à son corps. Mais la mère l'empêchait de répondre à ces exigences. Aghiles, lui, on ne le lui empêchait rien.

Est-ce qu'il sait quelle chance il a ? À lui, on ne ferme pas de portes. Elles restent toutes ouvertes.

Aghiles se saisit de ses sous-vêtements vigoureusement et en profita pour lui tirer la langue. Il se retourna pour se vêtir et Tale se renfrogna.

Sur le dos de son ami s'étalait une quantité innombrable d'ecchymoses, certaines bleues, d'autres jaunes ou violacées.

« Ton dos, releva Tale.

— Je sais.

— C'est encore ton père ? »

Il acquiesça et renfila sa chemise.

Les mêmes traces qu'il laisse aux filles qu'il visite jusqu'à pas d'heures à la taverne. Pourquoi il les frappe ? Papa ne me tapait jamais dessus... Mais... la mère le fait parfois.

« C'est depuis qu'il veut faire de moi un pirate, comme lui. Un futur capitaine.

— Depuis qu'il t'emmène sur son bateau et que je ne te vois presque plus ?

— Je n'ai pas le choix, tu sais ? J'ai rien demandé et

maintenant, je dois apprendre à faire des nœuds et à cuisiner, à me battre. Si ça ne lui convient pas, il me le fait savoir.

— T'as de la chance. Au moins, tu apprends à être pirate.

— De la chance ? Je te remontre mon dos ? »

Il fouilla dans sa poche et en sortit une petite outre. Il en but une rasade et s'assit aux côtés de Tale pour lui offrir une lampée.

Le feu qui lui brûla la gorge lui soutira quelques toussotements.

« Du rhum ? s'exclama Tale.

— Coupé à l'eau, il m'oblige à en boire. Pour faire de moi un loup de mer. »

C'est vraiment pas bon, ça pique, mais si...

Tale observa l'outre et se pinça les lèvres. Elle se fourra le goulot dans la bouche et en avala le contenu jusqu'à ce qu'Aghiles lui arrache l'objet des mains.

« Mais t'es folle ?!

— Non ! Je suis une louve de mer ! C'est mon père qui me le disait, alors je dois boire du rhum moi aussi !

— Alors, bois-en, mais ne te noie pas avec ! »

Les deux jeunes gens s'observèrent, les sourcils froncés, les mâchoires crispées. Ils partirent dans un fou rire presque sans fin et finirent par s'allonger pour se calmer. Tale se laissa aller à la contemplation des nuages, des mouettes qui y volaient. Aghiles souleva une main et fit mine d'attraper un des oiseaux.

« Tu sais, être pirate, c'est pas... hésita Aghiles. Ils ne sont pas tous comme ton père, ils...

— Ils sont libres. »

Tale se redressa, se blottit contre ses genoux.

Ils sont libres d'établir leurs propres règles. Ils sont libres de changer les lois du village pour se forger les leurs. Ils sont libres d'être qui ils veulent. Ils sont libres de partir à la recherche de leur père si ça leur chante.

Aghiles se leva d'un bond.

« Tant qu'ils ne se font pas prendre par la marine de la Fédération ou de l'Empire. Ou pire : se faire dévorer par les monstres des mers ! »

La fillette acquiesça et se leva à son tour. Elle remonta les manches de sa tunique et se rappela bien vite qu'elle était encore complètement trempée.

« Bon, ces crabes ne vont pas gentiment se présenter à nous, observa Aghiles. On fait la course comme d'habitude ?

— Tu vas encore perdre !

— Parce que je te laisse gagner ! »

Il se dépêcha de rejoindre un autre pan de la plage et de soulever un caillou. Un petit crabe s'en extirpa et tenta tant bien que mal de fuir, mais Aghiles fut trop rapide pour lui. Il s'en saisit et le fracassa contre la roche et le jeta dans un petit panier. Tale, elle, resta plantée au même endroit.

Pourquoi il me laisserait gagner ? Il est bête.

Tale haussa les épaules, et partit, elle aussi, en quête d'un caillou à renverser.

« Tu peux refaire le compte autant de fois que tu le

veux ! J'ai gagné, toi, t'as perdu. »

Tale souffla d'un air boudeur et reposa le crabe dans la panière. Deux crabes et une dizaine de crevettes pour lui, un seul et deux bigorneaux pour elle. Il avait clairement remporté la course, toutes les prises seraient pour lui.

Il lui tapota le dos.

« Allez, fait pas cette tête ! On va partager.

— Non. »

Elle se releva en s'essuyant les mains contre sa tunique. Elle se saisit de l'anse du panier et la tendit à Aghiles.

« T'as gagné dans les règles de l'art, pas d'exception.

— Mais si je te dis que ça me dérange pas ?

— Moi ça me dérange, je veux pas me dire que je devrais partager avec toi la prochaine fois que la victoire sera pour moi. »

Il ricana et Tale l'imita, puis il s'empara du butin de crustacés et attrapa le bras de son amie pour se ruer à toute vitesse vers le rivage.

« Vite, avant que la marée ne revienne nous emporter !

— J'irais beaucoup plus vite si tu me lâchais ! »

Mais il ne la lâcha pas, et elle n'essaya pas de se libérer. Ils chahutèrent, coururent à perdre haleine en se poussant. Ils rirent, fort, sans se soucier de rien d'autre.

« Regardez, il y a le roux-qui-pue et la demie rien qui se sautent dessus ! »

Tale et Aghiles se figèrent, leurs éclats de rire moururent aussitôt.

À leur insu, des jeunes du village avaient profité des ombres des entrepôts pour les encercler. Le garçon qui menait la charge les dépassait d'une tête et demie de haut, et autant de large. Don était le fils du maire, et aimait parler avec ses poings. Souvent.

Les quatre autres gamins faisaient partie de sa bande, ils suivaient sans discuter ses ordres. Tale suspectait qu'ils partageaient tous la même et unique cervelle.

Cachée derrière la brute, une jeune fille aux beaux cheveux blonds gloussait de son sourire torve. Farrah haïssait Tale, et elle le lui rendait bien.

Ils se trouvent drôles ? Aghiles ne pue pas plus que lui... je vais lui montrer qu'un de mes poings en pleine face ne leur fera pas qu'à demi mal !

Tale s'apprêta à répondre quand elle remarqua des tressaillements dans sa main. Aghiles frissonnait.

Il tremble ? Mais quel froussard ! Je vais lui faire ravaler sa langue à l'autre, et toute seule ! Je n'ai pas peur, moi !

Elle essaya de se dégager de son emprise, mais la poigne de son ami resta étonnamment ferme. Il ne la lâcha pas.

« Reste derrière moi, je vais te protéger. »

Il parlait tout bas pour qu'elle seule entende.

« Tu veux me protéger de ces sales chiens ? répondit Tale tout haut. Comme s'ils allaient nous faire quelque chose. Ils aboient fort, mais jamais ils mordent.

— Des sales chiens ? C'est la meilleure venant d'une crasseuse avec des taches noires de roux sur la gueule et sur les épaules. Tu as beau avoir des yeux verts, ils sont laids ! Comme tes cheveux tout emmêlés ! C'est même pas des cheveux, c'est de la paille goudronnée ! On sait même pas ce que tu es ! Mais ce qu'on sait, c'est que ton père aurait dû te briser le cou à la naissance ! On veut plus de toi ou de ton copain sur notre plage ! »

Farrah avait la langue acérée, et la raillerie perçante.

Elle pointa de son index Tale tout le long de sa tirade alors qu'un air triomphant s'épanouissait sur son visage.

Tu vas regretter ce que tu viens de dire !

Les garçons dévoilèrent leur bras qu'ils cachaient tous derrière leurs dos, ainsi que les bouts de bois qu'ils tenaient fermement.

« Ouais c'est comme qu'elle dit, ajouta Don. On va vous tabasser, et après, on va vous emmener sur l'île aux sirènes ! On vous laissera là bas pour qu'elles vous bouffent tout cru !

— Comme si t'avais le courage de mettre un pied sur cette île maudite, rétorqua Aghiles.

— Il faudrait déjà qu'il arrive à nous taper dessus, enchérit Tale. »

D'un geste vif, elle se libéra de son ami, et se rua sur Farrah en hurlant. À mesure qu'elle se rapprochait, elle remarqua les traits de ses assaillants se déformer.

De la surprise, d'abord, avec leurs bouches grandes ouvertes, puis de la peur, avec leurs yeux qui s'écarquillaient.

Un sourire fou se dessina sur ses lèvres quand elle arriva au pied du molosse et de sa copine. Le premier se protégea le visage de ses bras, en en oubliant le bâton qu'il tenait. La deuxième, elle, ne fut pas aussi leste.

Tale lui cogna le nez de toutes ses forces. Elle sentit la résistance de l'os contre ses phalanges. La douleur lui fit dresser les petits cheveux de sa nuque.

Farrah trébucha en reculant, et s'effondra en pleurs sur le sol.

« C'est une sauvage !

— Elle a la rage !

« — Dégommez-la avec les bâtons !

— C'est nous les plus forts ! »

Tale se retourna vers le chef de bande, il la regardait avec un air ahuri.

C'est comme Papa disait ! Quand les gens sont trop bêtes pour comprendre avec des mots, il faut leur faire comprendre avec les poings ! Ça fait mal, mais qu'est-ce que ça fait du bien ! À ton tour, l'autre !

Mais Don la dépassait toujours de toute sa masse, et la surprise était passée. Son bras était déjà haut dans le ciel. Tale se pinça les lèvres et se prépara à recevoir le coup.

Elle le fixa droit dans les yeux.

Vas-y, frappe-moi ! Mais te rate pas ! Parce qu'après, c'est moi qui te rentre dedans !

La douleur ne vint pas. Aghiles percuta de plein fouet Don, qui s'écroula sur le côté.

D'un coup de pied, il envoya voltiger au loin le bâton qui traînait encore au sol. Tale fit volte-face et courut vers le reste de la bande en braillant les injures qu'elle entendait à la taverne.

Son cœur battait à tout rompre, ses tempes se gonflaient sans discontinuer. Elle sauta sur quelqu'un et frappa de toutes ses forces. Ses phalanges lui tirèrent des cris de douleur, des chocs sur son dos lui en arrachèrent de nouveaux.

Ils se jetèrent tous les uns sur les autres, cognant dans tous les sens. Plus personne ne sut vraiment sur qui il tapait, sauf Tale et Aghiles. Se cherchant du regard, ils tentaient de s'aider du mieux qu'ils pouvaient.

Tale grimaçait à chaque coup reçu, mais quand une touffe de cheveux lâchait dans ses mains, quand de l'os résonnait sous son poing, elle ne pouvait s'empêcher de rire à gorge déployée.

Je ne suis pas une demie rien, je suis la fille d'un pirate !

La rixe continua quelques minutes, jusqu'à ce qu'un premier gamin s'enfuit en courant, bientôt rejoint par un autre, puis un autre. Les derniers à partir furent Don et Farrah. Tale et Aghiles les observèrent d'un air mauvais ; essoufflés, mais prêts à bondir.

Le petit caïd brisa le silence.

« Je vais le dire à mon père !

— Tu ne veux pas impliquer nos pères dans cette histoire, répliqua Aghiles. Qu'est-ce qu'il fera le tien face au mien ? Tu crois vraiment qu'il va risquer de foutre Barbe-Folle en rogne ? »

Don ne prit même pas la peine de répondre, il aida seulement sa copine à se relever.

La vision du visage de Farrah recouvert d'un mélange de sang, de morve, de terre et d'outrage emplit de fierté Tale, et valait bien les bleus et les courbatures qu'elle en tirerait.

« Ça change rien à ce que j'ai dit, espèce de sauvage, geignit la blonde. Ça prouve juste que j'ai raison. »

Tale haussa un sourcil et avança d'un pas exagéré.

Farrah couina de peur et courut vers la place du village sans demander son reste, suivie de près par l'autre traîne-savates.

« Ne l'écoute pas, rassura Aghiles. T'as rien d'une sauvage, tu te bats juste comme un matelot, c'est tout. »

Vraiment ?

Il claqua le dessus de son poing contre celui de Tale. Elle sentit une onde de chaleur déferler en elle. Elle redressa sa poitrine, s'étira les épaules et gonfla ses joues.

Il sait de quoi il parle, il a déjà pris la mer plein de fois.

« Merci de t'être battu avec moi, Aghiles.

— J'allais quand même pas les laisser rosser ma meilleure amie sans rien faire ! J'avais un peu peur parce que je voyais bien qu'ils cachaient quelque chose derrière leur dos. Mais quand j'ai compris que c'était que des brindilles, ça allait.

— Tu m'aurais laissée me débrouiller toute seule si ça avait été des couteaux ?

— J'imagine qu'on ne le saura jamais. »

Ils sourirent bêtement et s'époussetèrent l'un l'autre. Aghiles retrouva le panier aux crabes, et après en avoir vérifié le contenu l'empoigna.

« Tu es sûre que tu ne veux rien ?

— Certaine ! Allez, rentre chez toi ! »

Tale commençait déjà à s'éloigner quand elle entendit Aghiles lui dire une dernière fois au revoir. Elle agita négligemment la main en guise de réponse.

Heureusement que t'es là, Aghiles.

2

LA ROSE EN FLEUR

Le trône impérial est vide, les héritiers tombent comme des mouches. Des années que cela dure, mais jusqu'à maintenant, tout se faisait sous le couvert d'accidents malheureux. Désormais, l'on s'affronte en pleine rue ! On appelle ça la Querelle. L'Empire du Lyon s'effondre et quand une majestueuse bête tombe, les rapaces accourent. Ces maudits pirates se multiplient à une telle vitesse qu'ils menacent mes affaires !

*Missive du Duc Louis Embréen de Porte-Mer
à destination de Dame Maribelle de Froipas, An 1086.*

Tale se tenait face à la taverne.

Un bâtiment en bois de deux étages, l'un des plus hauts du village. Un panneau en forme de rose occupait une bonne partie de la devanture, et donnait son nom à l'établissement : *La Rose en Fleur.*

Elle en fit le tour le plus lentement, discrètement possible. Son corps tout entier la lançait, mais ses mains, encore plus. De la peau s'était arrachée sur ses phalanges, jusqu'au sang. Elle devait les nettoyer avant que la mère ne les remarque, mais si elle entrait comme si de rien n'était par la porte principale, elle échouerait lamentablement.

Après tout, elle avait déjà épuisé sa réserve de coups d'éclat pour la journée. La raclée qu'elle avait infligée à ces idiots rejoindrait bientôt sa liste de souvenirs les plus précieux.

Tale avait baigné dans cette joie simple tout le chemin du retour, mais quand elle ouvrit la porte de derrière, la joie s'évanouit. Elle disparut aussitôt qu'elle posa les yeux sur la femme qui l'attendait sur une chaise de la réserve, parmi les sacs de farine et de légumes.

Elle portait une robe brune, sans prétention, ses longs cheveux châtains étaient noués en chignon. Seule coquetterie, une broche en forme de rose qui s'épanouissait trônait à sa gorge, surmontant un ruban rouge carmin.

Ce bijou la désignait comme maîtresse de maison. L'air agacé, cachant à peine une colère contenue, lui, la désignait comme mère d'une fille qui s'évertuait à la décevoir. Quant à la trousse de soins et le bac d'eau fumante qui reposaient à ses côtés… ça ne signifiait qu'une chose : la mère savait.

« Ferme la porte, déshabille-toi et montre-moi. »

Tale s'exécuta.

La mère l'observa de pied en cap et leva les yeux au ciel. Elle ouvrit la trousse, en sortit un linge blanc qu'elle imbiba d'eau.

« Approche. Je ne vais pas t'esquinter plus que ce que tu t'es déjà infligé toute seule. »

Tale s'approcha et se planta en face de la mère qui lui attrapa sans douceur une main pour y nettoyer les plaies.

Elle grimaça et ferma un œil.

« Eh bien oui, ça fait mal ! Idiote. Comment tu t'es fait ça, en tombant sur des coquillages ? Tu ne t'attires pas déjà assez de problèmes comme ça ?

— Mais non, c'est pas moi qui…

— Je ne veux pas le savoir ! Tu n'avais rien à faire dehors ! Je parie que tu suivais encore ce petit va-nu-pieds ? Si ce n'était que ça ! Ta peau est déjà assez foncée comme ça, Tale ! Tes taches de rousseur… tu n'es même pas rousse ! Tes tâches se voient de plus en plus ! Comment voudras-tu attirer l'œil d'un client si tu deviens affreuse ? Tu sais bien que c'est le soleil qui aggrave toutes tes tares ! »

Tous ses muscles se tendirent, Tale eut l'impression de ressentir une seconde fois tous les coups qu'on lui avait portés. Elle plaqua si fort ses lèvres les unes contre les autres qu'elle sentit ses dents s'y presser.

Quelque chose en elle s'effrita.

Je suis vraiment si laide que ça ?

Mais elle ne le lui montrerait pas ! Ça non, elle ne lui donnerait pas le plaisir de constater qu'avec un seul de ses mots, la mère pouvait réduire en charpie sa fierté. Elle recula d'un pas, plongea son regard vert dans celui d'acier de la mère, et tapa si fort du pied que toute sa jambe trembla.

« Mais j'en ai rien à faire de tes clients ! Je ne veux pas attirer leurs yeux dégoûtants, moi !

— Oh, vraiment ? Et comment feras-tu pour gagner de l'argent ? Pour manger ? Pour dormir sous un toit, t'offrir des vêtements ?

— Pas en faisant la catin en tous cas ! »

La mère posa le linge sur la table, croisa ses jambes et

ses bras, sans lâcher sa fille du regard.

« Parce que tu te crois meilleure que moi ? D'où vient ce que tu manges, ingrate ? D'où viennent la tunique que tu portes, et la pommade que j'étale sur tes bleus ? D'où vient ce foulard qui t'avait tellement fait plaisir ? »

Tale baissa les yeux en serrant ses poings de toutes ses forces.

« De la bourse d'une catin ! » La mère se leva et empoigna le menton de sa fille pour l'obliger à la regarder. « Tu crois que c'est ce que je voulais devenir, une ribaude ? On ne fait pas ce qu'on veut par ici, on fait ce qu'on peut. Moi, j'ai fait les mauvais choix dans ma vie, personne ne m'a guidée. J'ai épousé la mauvaise personne, enfanté la mauvaise couleur, et qu'est ce qu'il me restait après ça ? »

Tais-toi.

« Mais je suis là pour toi, fille. Moi, je peux te guider. Moi, je sais ce qu'il t'attend. »

Arrête !

« Tu n'es pas comme nous. Personne ne voudra t'épouser, les uns ne verront qu'une sauvage en toi, les autres, celle qui les a asservis. Personne ne voudra t'embaucher, on te préféra une vraie blanche ou une esclave, et on ne te fera jamais confiance. »

Pas un mot de plus !

« Il ne te reste que deux options, et crois-moi, les mendiantes ne font pas long feu ici. Si tu m'écoutes, tu n'auras pas à vendre ta chaleur longtemps. Dès qu'on aura remboursé mes dettes, cette maison m'appartiendra vraiment, et à ma mort, elle te reviendra. J'ai de grands projets pour toi ! Tes défauts deviennent un atout dans ce métier. Dans quelques mois tu auras seize ans, je pourrais vendre au prix fort ta cueillette. Une expérience qu'un seul homme ne pourra jamais connaître, tu penses ! »

Tale hurla de rage et de désespoir :

« Moi, je peux mieux que toi ! Je vaux mieux que ça, mieux que toi ! Moi, je serais pirate ! »

Elle poussa la mère qui retomba sur la chaise, choquée.

Un voile de silence tomba, le temps de quelques souffles, puis elle se releva d'un bond. La mère la gifla prestement, un coup moins violent que ce qu'elle avait reçu dans l'après-midi... un coup qui la blessa pourtant plus profondément.

« Toi ? Tu ne peux rien, cracha la mère en serrant les dents. Tu ne fais que rêver, c'est tout. Qu'est ce que tu crois que c'est, un pirate ? Tu crois que ton père était quelqu'un de bien, quelqu'un de meilleur que moi ? Il nous a abandonnés lâchement dès qu'il a pu tomber sur une grosse prise. C'est ça un pirate, ça détruit tout sur son passage pour de l'or et des bijoux. Ça ne vit pas libre sur un bateau, les cheveux au vent. Ça ne prend certainement pas soin de sa famille ! Moi, je te forme à un avenir, Tale ! Un avenir concret, réel ! Pourquoi t'évertues-tu à suivre ces chimères ? Pourquoi t'évertues-tu à vouloir marcher dans les traces de ce grippeminaud qui m'a tout pris ? »

Tale se frottait encore la joue quand la mère l'empoigna et la secoua. Elle lui cria dessus, à en perdre le souffle. Tale ne l'écoutait déjà plus. Cela ne servait à rien de lui parler quand la mère se mettait dans cet état.

Pour autant, le poison de ses mots... ça, elle ne pouvait pas l'ignorer. Son sang le charriait déjà à tout son être.

Personne ne voudra de moi parce que je suis de la mauvaise couleur ? Pas assez blanche ? Trop noire ? Même la mère pense que je suis une demie rien, pire, une moins que rien. Est-ce que Papa pensait ça de moi aussi ?

Plus la mère la secouait, plus la mère criait, plus sa voix se brisait. Des sanglots s'échappèrent de sa gorge, et elle finit par la lâcher pour se réfugier à l'étage. Là mère resterait cloîtrée dans sa chambre jusqu'au soir, comme à son habitude après chacune de ses crises.

Tale resta immobile quelques instants, puis gagna la table et s'affaira à se soigner elle-même. Après tout, elle savait comment faire, elle prenait soin de la plupart des filles après le passage du père d'Aghiles.

Non, jamais Papa ne penserait ça. Lui, il m'aime ! Je vais devenir pirate, personne ne m'en empêchera sous prétexte que je ne suis qu'une fille. Une fois sur mon bateau, je déciderai moi-même des règles ! Plus personne ne me forcera à faire quoi que ce soit, je serai libre ! Libre de partir à ta recherche Papa, libre de te ramener près de moi.

Elle termina d'appliquer la pommade sur ses poings, et rangea le pot dans la trousse. Il lui faudrait passer par l'armoire aux draps pour remplacer le linge. Quand elle s'approcha du bac d'eau, elle y découvrit son reflet, qu'elle contempla longuement. Doucement, elle amena le chiffon taché de son sang à son visage, et tenta d'essuyer quelques-unes de ses taches de rousseur.

Elle frotta longuement, jusqu'à ce que sa joue la brûle. Quand elle constata que rien n'avait changé, elle jeta le linge dans l'eau.

J'en ai rien à foutre de toute façon !

Tale attrapa le bac de ses deux bras, et le vida dehors.

Le Soleil s'était couché depuis quelques heures déjà, mais la liesse battait son plein dans la taverne. Les matelots et autres pirates de passage avaient investi le lieu et laissaient libre cours à leurs envies.

Le rhum et la bière coulaient à flots, les filles dénudées paradaient entre les tables pour servir des plats simples, mais appétissants. Un ménestrel de passage poussait même la chansonnette, accompagné de ses compagnons et de leurs instruments. L'un d'eux produisait un son que Tale n'avait jamais entendu, une sorte de planche de bois recouverte de fils qu'on pinçait avec une dextérité impressionnante.

Elle se demandait bien quel nom il pouvait porter, et la réponse lui parvint comme à l'accoutumée. Assise sur le sol, cachée sous une table, Tale écoutait les conversations des clients. L'un d'eux reconnut l'instrument comme étant un koto du lointain royaume de l'Archipel.

Le monde est si vaste. Je me demande comment c'est la vie, dans l'Archipel. Est-ce que les mères forcent leurs filles à devenir des catins là-bas aussi ?

Comme si y penser l'avait convoquée, Tale aperçut les chaussures de la mère traverser la grande salle. Son sourire rêveur s'effaça aussitôt, elle ramena ses genoux près de sa poitrine.

La crise de la mère s'était sans doute achevée, et elle s'occupait maintenant de vendre ses filles au plus offrant.

Tale resserra son étreinte.

Ailleurs, c'est forcément mieux qu'ici.

Elle laissa vagabonder son regard jusqu'à tomber sur une toison rousse qu'elle connaissait bien. Aghiles. S'il se trouvait là... Tale repéra rapidement le père de son ami, un homme bien bâti qui riait beaucoup trop fort. Une barbe bien fournie lui masquait tout le visage sous son nez épaté, et les boucles de ses cheveux châtains étaient coiffées en arrière.

Il captivait visiblement son assemblée, rien d'étonnant, avec son regard si singulier. Ses yeux prenaient la teinte d'un ciel embrasé par le soleil couchant, mais autre chose y luisait. Une folie. Barbe-folle, comme il se faisait maintenant connaître dans les cercles pirates, fédérait autant qu'il inspirait la crainte. Surtout depuis qu'il avait pris la tête d'un équipage.

Tale le craignait. Elle savait ce qu'il réservait aux filles qu'il payait, ce qu'il infligeait à son propre fils. Elle n'osait imaginer dans quel état il laissait ses ennemis.

Il n'y a que des monstres ici.

Une brise fouetta l'air, Tale se décala pour profiter d'une meilleure vue sur l'entrée. Elle suivit les pas de la mère se diriger vers le nouvel arrivant. Sa curiosité l'emportant, Tale quitta sa cachette et alla s'asseoir près de la scène.

Elle reconnut le vieil homme avec qui la mère se disputait. Un vieillard encapuchonné, édenté, rachitique vêtu d'une bure d'un vert passé. Il venait leur rendre visite presque tous les mois depuis un an, et cela se terminait toujours de la même façon : la mère le jetait dehors sous une pluie d'injures.

Le vieux s'emporta soudainement. La mère l'empêcha d'entrer, jusqu'à ce qu'il capte le regard de Tale. Il la pointa du doigt, et une nouvelle vigueur s'empara de lui. Il supplia la mère de quelque chose. Elle semblait inflexible. Elle se retourna pour lui faire signe de remonter à l'étage. Tale n'en fit rien et entendit les derniers mots de la mère vibrer de fureur alors que le vieillard repartait.

« Ne t'avise plus de revenir, l'ancêtre ! Je ne sais plus comment te le dire, elle n'est pas à vendre ! »

Un frisson glacé parcourut l'échine de Tale.

J'ai peur de... Je crois... que je préfère ne pas comprendre.

La mère s'assura du départ de l'indésirable, et après avoir exprimé toute sa contrariété d'un mouvement de tête appuyée, se rapprocha de sa fille.

« Tu devrais être en haut en train de préparer les chambres, Tale.

— C'est déjà fait. »

Elle soutint le regard accusateur de la mère jusqu'à ce que cette dernière expira de lassitude et haussa les épaules.

« Une dispute par jour me suffit, tâche de ne pas te faire remarquer. Tant qu'à faire, montre-toi utile. Aide les filles à servir. »

Tale acquiesça, et la mère repartit jouer son numéro de charme à d'autres clients.

Aghiles attirait déjà son intention en agitant ses bras en tous sens. Tale ravala sa salive, et rejoignit son ami.

Barbe-Folle mimait avec force détails les multiples façons dont il avait massacré l'équipage de sa dernière prise, provoquant l'hilarité de toute sa tablée.

Il ne portait pas la moindre attention à Tale, à son grand soulagement. Aghiles lui sourit comme à son habitude.

« Tu penses que tu pourrais me faire un prix sur les sardines grillées ? »

Mais... qu'est-ce qu'il a sur l'œil ?

« Aghiles, c'est Don et sa bande qui t'ont fait ça ? »

Le coup d'œil furtif qu'il lança à son père confirma ses

craintes. Barbe-Folle était à l'origine de l'énorme coquard qui déformait le visage de son fils. Tale serra si fort les dents qu'elle crut les entendre grincer. Aghiles lui chuchota à l'oreille.

« C'est que je suis arrivé en retard à la maison à cause de ces faiblards. »

Mais c'est n'importe quoi ! Il peut pas le frapper tout le temps comme ça pour rien !

La porte d'entrée claqua d'un coup contre le mur, comme un point final à toutes les conversations. Une imposante silhouette occupa tout l'encadrement, et à son premier pas dans la taverne, des chuchotements fusèrent en tous sens.

L'homme devait être aussi haut qu'un cheval, et portait sa longue toison blonde en tresses de guerrier. Le maire. Il n'avança que de quelques mètres et sonda la foule.

La mère se précipita à sa rencontre tandis qu'une des filles ferma la porte derrière lui.

« Monsieur, quelle surprise ! Qu'est-ce qui vous amène dans mon modeste établissement ? Il doit me rester de la bouillabaisse sur les braises, ou bien un verre de notre meilleur rhum vous ferait envie ?

— Cesse tes minauderies, catin. Je ne suis pas là pour participer à ton commerce répugnant. Je cherche ta fille, la crasseuse. Où tu la caches ?

— Tale ? Mais pourquoi la cherchez-vous ? »

L'intéressée ne perdit pas une miette de la conversation, comme toute la clientèle et le personnel. Elle essaya de gagner une table pour s'y cacher en dessous, le plus lentement possible, sans attirer le regard du maire.

Elle échoua.

« Là voilà. Laisse-moi passer.

— Pas avant que vous ne m'ayez dit ce que vous lui voulez !

— Tu me fatigues, femme. »

Le poing du colosse s'agita. Le bruit sourd d'un choc plus tard, la mère vola à travers la pièce et s'écroula contre une chaise devant les expressions médusées de ses filles. Aghiles s'interposa aussitôt entre Tale et le maire.

« Cours ! »

Elle ne demanda pas son reste. Tale bondit sur la table la plus proche, courut parmi les assiettes, les verres et autres pièces d'argent éparpillés. Elle entendit derrière elle des bruits de lutte.

Non, non, non, non !

Elle s'apprêta à sauter une nouvelle fois, mais quelqu'un l'attrapa par le dos de sa chemise et l'envoya valdinguer contre un mur. La douleur chassa tout l'air de ses poumons.

Elle cherchait encore à retrouver son souffle quand la brute se planta à ses pieds et s'abaissa à son niveau. Il la saisit par les cheveux et souleva juste assez sa tête pour croiser son regard.

Tale n'y vit que fureur et violence.

« Tu crois que tu peux taper sur mon gamin et t'en tirer comme ça, la crasseuse ? »

J'arrive plus à respirer... c'est ça mourir ? Il va me tuer ? Je vais crever sans avoir retrouvé Papa ?

« Tu crois que tu peux casser la gueule à ma nièce et rentrer tranquillement chez ta mère ?

— Éloi... éloignez-vous de ma fille ! ARRÊTEZ ÇA ! »

Le cri de la mère tint plus du feulement animal que de

la supplique humaine. Elle tenait à peine debout, soutenue par un client. Du sang ruisselait de tout son crâne.

Le maire lâcha les cheveux de Tale et sa tête tomba avec fracas contre le plancher. Le goût du sang se répandit dans sa bouche.

« Je connais les règles de ta maison. »

Le colosse fouilla dans sa bourse et jeta des pièces à la mère.

« Je te la paye pour une heure, le temps de lui apprendre une leçon qu'elle n'oubliera pas de si tôt.

— Hors de question ! Arrêtez ça tout de suite ! Par la colère de la Libre Lune, si tu abîmes ma fille...

— Je peux bien la casser si j'en ai envie, au pire il se passe quoi ? Ici, la loi, c'est moi. »

Tale, ayant retrouvé un semblant de souffle, tenta de profiter de la diversion pour s'échapper. Elle se projeta en arrière, à quatre pattes. Mais il ne la laissa pas fuir. Il l'attrapa une nouvelle fois par la chemise, la souleva, et la fracassa contre le sol.

Les hurlements de la mère percèrent le silence du reste de la salle.

« Toi, tu restes ici ! »

Ma... Maman ! Au secours, je veux pas mourir !

« Ce n'est pas Tale qui a rossé vos enfants ! C'est moi ! C'est que moi ! »

Aghiles, tais-toi. Ne meurs pas avec moi, ça sert à rien !

Allongée sur le sol, retournée, Tale voyait son assaillant sous un autre angle. Au-dessus d'elle, son visage prenait la forme d'un monstre, avec son menton qui remuait comme s'il s'agissait de son front. Sa bouche semblait si démesurément grande, pareille à une gueule qui la dévorerait.

Je veux pas mourir !

Les mains de Tale cherchèrent quelque chose, n'importe quoi, à saisir pour s'en servir comme arme. Elle trouva une fourchette, qu'elle ramena près de son cœur.

Elle aperçut dans le coin de ses yeux des mouvements roux, la voix d'Aghiles s'éleva pour couvrir les cris de la mère. Sa voix monta dans les aigus, sa diction s'accéléra.

« Père ! Je vous en prie, c'est mon anniversaire, j'ai choisi. C'est lui !

— Vraiment ? Ahhhh. Enfin, mon fils montre qu'il en a dans le pantalon ! »

Tale attendit l'ouverture, le moment fatidique pour frapper. Quand le maire approcha sa gueule une nouvelle fois pour la couvrir d'injures, elle frappa. Elle planta de toutes ses forces la fourchette dans son menton. Elle sentit la résistance de sa peau, son arme de fortune s'enfoncer dans ses chairs. Quelque chose dans son ventre la piqua et de l'amertume se joignit au goût du sang.

Un éclair rouge jaillit alors, de la chaleur ferreuse se déversa sur son visage. Quelque chose brilla, refléta les lueurs des chandelles. Un gros morceau de fer, recouvert de sang, surgit de la bouche du maire.

Les yeux du colosse roulèrent sur eux mêmes pour ne devenir que des taches blanches. Le morceau de métal recula et disparut dans le plus horrible des bruits poisseux. Le maire s'écroula alors sur elle.

Tale aurait voulu se dégager, mais les aiguilles de glace qui dardaient dans son ventre lui interdirent le moindre geste, seules ses dents qui s'entrechoquaient purent se mouvoir.

Et alors, il lui apparut. Il avait dû se trouver derrière la brute. Le père d'Aghiles. Barbe-Folle. Il la surplombait de toute sa hauteur, un coutelas ensanglanté en main. Un sourire dément aux lèvres. Ses yeux roses se figèrent sur les siens, il se gaussa en brandissant son épée.

Je dois partir de là ! Papa…

Tale tenta de se relever, mais glissa dans le sang et la bile. Elle continua sa course en rampant, puis à genoux. Elle trouva la mère, hystérique, qui se perdait dans les cris et dans les coups. Elle se débattait, repoussait l'aide de ses clients et de ses filles. Elle n'était plus tout à fait là.

Tout comme Tale. Elle ne s'arrêta pas près de sa mère, elle continua à avancer, à fuir. Quand elle put toucher la porte, elle se releva et l'ouvrit dans le même mouvement.

Ses poumons se gorgèrent d'air frais.

Elle courut comme une dératée, jusqu'à perdre haleine. La chaîne de cristal de la Lune Entravée la baignait d'une lueur rosâtre tandis qu'elle arriva, essoufflée, à la plage.

Papa, au secours !

Elle dévala la petite dune, sans précautions. Elle tomba, se releva, s'enfonça dans le sable, tomba à nouveau. Elle entendit les vagues, l'odeur de la mer s'intensifia. Les larmes perlèrent.

Viens me chercher.

Elle se releva et tomba nez à nez avec un museau.

Tale tomba en arrière et hurla.

Laissez-moi, j'en peux plus !

L'animal prit peur et fusa vers les ondes. Le cœur de Tale, lui, sembla prêt à exploser. Elle resta assise dans le sable, cherchant à retrouver son calme. Elle suivit l'animal du regard, et lui devina un pelage roux et blanc.

Un renard ? Pourquoi ici ? Pourquoi maintenant ? Papa ! Les Lunes ! Le Soleil ! L'Immortel ! Qu'est-ce qu'il vient de se passer ?

La bête s'avança jusqu'à l'écume, et s'assit, la truffe tournée vers l'horizon. Quelque chose jaillit alors de l'eau. Là, parmi des gouttelettes d'eau salée reflétant les lueurs d'Enthrall, apparut une jeune femme, à peine plus âgée que Tale. De longs cheveux d'argent se plaquaient sur sa peau et sa légère robe blanche trempées. Elle ouvrit les yeux, afficha une expression intriguée puis un sourire radieux.

Que... quoi...? Qu'est-ce qu'il vient de se passer ? Tout ce sang ! Papa, t'es où ? Pourquoi t'es parti ? J'ai besoin de toi.

Elle s'écroula, secouée par les sanglots.

La jeune femme accourut.

3
VAGUE À L'ÂME

L'expiation est un long chemin pour nous qui avons accueilli en notre sein l'ennemie des Astres. Si la Sorcereine n'est plus, notre péché demeure. Cette vie de misère est notre purgatoire, mais au bout, l'étreinte d'Enthrall, la Lune Enchainée, nous attend. La plus belle des récompenses pour qui endure et persiste sur la voie de la vertu. Gare à ceux qui s'en écarteraient, car la fournaise solaire de Leoht regorge de souffrances impensables pour les vivants.

Prêche du Guide Lum, du village de Sadsande.

Ses larmes rejoignirent l'océan.

Tale s'était laissée porter par la jeune fille aux cheveux d'argent et son renard qui trottinait près d'elles. L'inconnue ne lui posa aucune question, malgré tout le sang qui la maculait. Elle se contenta de passer un bras autour des épaules de Tale et de lui masser le dos tout en lui murmurant :

« Tout va bien se passer, ne t'inquiètes pas. Viens, on va te nettoyer tout ça. »

La jeune femme la souleva avec précaution. Tale s'avança jusqu'aux vagues en se servant de sa bienfaitrice comme on se servirait d'une canne. Elles continuèrent jusqu'à ce que l'écume recouvrit leurs hanches. Le renard s'assit au bord de l'eau, sur le sable mouillé, et resta aux aguets.

Tale pleura tout son saoul, tandis que l'inconnue aspergeait son visage d'eau salée. Sans un mot, elle passa un pouce sur ses sourcils et frotta. D'abord le front, puis le nez, les joues et les lèvres. Peu à peu, le sang disparut.

La douleur de Tale se tarit, et ne restèrent alors que les soubresauts. Sa gorge s'était tellement resserrée qu'elle était incapable de remercier la jeune fille au renard. Cette dernière ne sembla pas s'en formaliser, et l'attira près de son cœur pour l'étreindre.

Elles restèrent ainsi jusqu'à ce que la respiration de Tale retrouva son rythme normal. Elle réussit enfin à articuler quelques mots.

« Merci.

— Je t'en prie. »

Le souffle chaud de l'inconnue lui chatouilla l'oreille.

« Ça va mieux ? »

Tale hocha de la tête tandis que la jeune fille lui caressait les cheveux.

« On va regagner la plage alors, d'accord ? »

À nouveau, Tale acquiesça. L'inconnue brisa leur étreinte, et plongea son regard bienveillant dans celui de Tale. Elle lui sourit timidement.

Elle est pas normale cette fille. On est pas gentils avec moi, d'habitude. On se moque de moi ou on me tape dessus... Mais je suis si fatiguée. Peut-être qu'elle est pas comme les autres ?

La fille au renard chassa les dernières traces de larme et lui proposa sa main. Elle la saisit et toutes deux marchèrent vers le rivage pour s'asseoir près du renard.

Les Lunes, les étoiles et les chaînes d'Enthrall illuminaient les ténèbres, mais l'horizon que cherchait Tale resta invisible. La mer et le ciel finissaient par se confondre la nuit.

Pourquoi t'es pas là alors que j'ai tant besoin de toi ?

« Tu cherches des réponses dans les cieux ? Ou bien adresses-tu des prières à tes dieux ? »

Tale se tourna vers sa bienfaitrice et oublia de lui répondre. Elle n'avait jamais vu de filles comme elle. Son teint était plus sombre que celui des filles de la Rose en Fleur, mais plus clair que celui de Papa ou du sien. Ses cheveux blancs captaient la lumière d'une façon qui ressemblait aux pièces d'argent que comptait chaque soir la mère. Un diadème en or ceignait son front, dont le centre ressemblait vaguement à un œil orné d'une jolie pierre verte.

Maintenant qu'elle voyait son visage de près, Tale remarqua que ses yeux n'avaient pas la même teinte. L'un était vert, et l'autre bleu.

Elle est si belle. Bien plus que moi. Pourquoi est-ce qu'elle m'a aidé ? Pourquoi est-ce qu'elle me parle encore ?

« Tu as perdu ta langue ?

— Non, non ! » Les joues de Tale chauffèrent. « C'est juste que... c'est la première fois que je rencontre quelqu'un comme toi. »

Quelqu'un de différent, quelqu'un de gentil. C'est... difficile à croire.

« C'est vrai que l'Ancienne nous a dit que c'était la première fois qu'on s'arrêtait ici. » L'inconnue s'étira et s'allongea sur le sable. « Je suis une Éolienne. On voyage à travers le monde, et on s'arrête de temps en temps dans des villages pour faire la fête. »

Le renard vint s'installer sur son ventre. Tale se laissa elle aussi choir sur le sable.

« C'est la première fois que vous venez à Sadsande ? demanda Tale.

— Tout à fait. Avant, ton village était trop petit. Mais maintenant, ça va. J'en suis heureuse, c'est magnifique chez toi. »

— Tu parlais d'une Ancienne, c'est elle qui décide d'où vous aller ?

— Oui. On écoute toujours la plus vieille dame du clan. Il faut dire que c'est souvent la plus sage, du coup c'est un peu notre chef.

— Oh. Ici c'est pas le plus vieux ni le plus sage qui est notre chef. C'est... »

C'est plus personne. Il est mort. Le père d'Aghiles l'a tué. Pourquoi ? Pour moi ? Il l'a tué à cause de moi ?

Quelque chose de rugueux, d'humide, se frotta contre sa joue. Tale recula sous des éclats de rire et le regard interrogateur du renard dont la langue pendait encore.

« Désolée pour La Renarde. Elle a juste voulu te réconforter.

— C'est gentil ? » Tale essuya la bave sur sa joue. « Mais je crois que je préférais garder mes joues sèches dorénavant. »

La fille aux cheveux d'argent se redressa, le renard retourna se lover contre elle pour lécher son poignet offert.

« C'est une bête de compagnie ? » s'interrogea Tale.

« Non, La Renarde n'appartient à personne. Mais c'est vrai qu'on s'entend bien.

— La Renarde, c'est son nom ? »

D'ailleurs c'est quoi son prénom à elle ?

« Je ne crois pas, mais c'est comme ça que je l'appelle. Moi, c'est Lucretia. »

C'est joli.

« Moi je m'appelle Tale.

— Un beau prénom, c'est yrien, c'est ça ?

— Oui c'est mon père qui l'a choisi. Comment tu sais que c'est yrien ? C'est parce que tu voyages beaucoup ?

— J'imagine. »

Si j'étais pirate, je mouillerais dans tous les ports de la Mer des Barbes, même au-delà ! Moi aussi je connaîtrais les origines des prénoms, et je retrouverais Papa. On pourrait vivre loin d'ici, sur la mer.

Tale aperçut une lumière déchirer les cieux, le temps d'un instant. Une étoile filante. Papa le lui avait expliqué ; quand une âme extrêmement bonne se libérait de son corps, elle laissait derrière elle une traînée de lumière quand elle se rendait auprès de la Lune Entravée. Il s'agissait d'un spectacle rare, car les gens aussi bons l'étaient tout autant.

Tale se rappela avoir guetté le ciel le soir de sa disparition. Aucune lumière n'avait alors embrasé le ciel nocturne, Papa devait forcément encore être vivant.

C'est certainement pas l'âme du maire que je viens de voir passer.

« Tu sais Tale, chez moi, certains d'entre nous peuvent lire le destin dans les étoiles.

— Le destin ?

— Vous pensez que les coups du sort, les mésaventures que vous endurez sont la volonté de la Libre Lune. Chez nous, on ne croit pas à l'Immortel, aux Lunes et au Soleil. On croit en Déa, dans sa tapisserie tissée avec les fils de nos vies. Rien ne nous arrive par hasard. Même les choses les plus horribles nous servent à grandir, à devenir meilleurs. C'est ça, le destin. Certaines vieilles dames de mon clan clament pouvoir le lire dans les étoiles. »

C'est n'importe quoi.

Lucretia s'étendit à nouveau.

« Une de ces vieilles femmes m'a dit que je rencontrerais quelqu'un de très important pour moi ce soir, sur cette plage. »

Le cœur de Tale s'accéléra. Elle se pencha sur Lucretia : ses yeux brillaient d'une émotion qu'elle ne comprenait pas. Tale resta suspendue à cette vision, puis se recroquevilla.

Ça peut pas être moi. Personne ne voudrait d'une sang-mêlée comme amie, d'autant plus quand elle est aussi laide que moi. Ça file la honte, personne n'aime la honte. Personne.

Une voix familière perça le calme iodé de la plage. Au-dessus des dunes, Aghiles criait le nom de Tale à pleins poumons. Elle se leva d'un bond et agita la main.

« Aghiles, je suis là ! »

Dès que son ami la remarqua, il courut à sa rencontre. Lucretia ricana tout en caressant le menton de La Renarde.

« Un ami à toi, je présume ?

— Oui, le seul ! »

Aghiles dévala la sente et se jeta sur Tale pour l'observer sous toutes les coutures.

« Ça va ? Tu n'es pas blessée ? Tu m'as fait une de ces peurs !

— Je crois que je vais avoir beaucoup, beaucoup de bleus, mais à part ça... »

Il ne lui laissa pas le temps de finir sa phrase, il l'enlaça dans un mélange de force et de tendresse. Tale sentit sa gorge lui piquer et ses yeux lui brûler.

Non, non, non. Pas encore. Concentre-toi.

La force de l'étreinte s'estompa, et quand les bras d'Aghiles lui semblèrent morts, Tale dégagea sa tête pour jeter un œil sur son ami. Il observait, les sourcils hauts et la bouche grande ouverte, Lucretia caresser son animal. Tale sentit même contre sa poitrine l'écho de son cœur qui s'emballait.

« Tale, qui est cette fille ? chuchota Aghiles.

— Je te présente Lucretia », répondit-elle en se détachant de ses bras. « Elle m'a aidé à me... nettoyer.

— Enchantée, dit Lucretia. Tu dois être le seul ami de Tale, c'est ça ?

— C'est... ça, bafouilla Aghiles. Merci d'avoir pris soin d'elle. »

Lucretia lui sourit, il le lui rendit.

Mais pourquoi il fait une tête pareille ? C'est un sourire ça ? Il a l'air d'avoir avalé un truc horrible.

Lucretia se releva, frappa sa robe du plat de la main pour en faire tomber le sable. Quand elle le constata trop mouillé pour se décrocher facilement, elle haussa les épaules, se tourna vers ses deux camarades et leur dit au revoir de la main.

« Je dois vous laisser maintenant. Il commence à se faire vraiment tard. Mais venez me voir demain. » Elle pointa de son index une des collines voisines du village. « On s'est installé tout en haut, là-bas. Je vous ferais profiter de la fête avant tout le monde.

— Avec plaisir », répondit aussitôt Aghiles en accompagnant ses mots d'un semblant de révérence.

Mais qu'est-ce qu'il fait, il est pas bien ?

Tale plissa les yeux et poussa son ami pour prendre sa place face à Lucretia.

« Arrête de faire l'idiot ! On essaiera de venir, je serais ravie d'en apprendre plus sur les Éoliens.

— Et moi, sur toi et ton ami », répondit Lucretia.

Tale et Aghiles ne lâchèrent pas des yeux le dos de la jeune fille qui s'éloignait, même quand La Renarde se retourna pour les fixer à leur tour.

« Quelle bête étrange ! remarqua Aghiles en indiquant au renard de se retourner d'un geste vif.

— Elle a l'air plus intelligente que toi en tous cas.

— Je suis rassuré, si tu es assez en forme pour te moquer de moi... » Aghiles hésita. Il s'interposa entre la silhouette de Lucretia et Tale. La mine d'Aghiles effraya Tale. Son ami lui attrapa les mains, et c'est la tête baissée qu'il s'excusa.

« Je ne savais pas quoi faire d'autre, vraiment. » Sa voix s'effrita quelque peu. « J'ai vraiment cru qu'il allait te tuer alors, alors, j'ai pris les devants. »

— Mais de quoi tu parles ? Pourquoi tu t'excuses ? Tu n'as rien à te reprocher, c'est ton père qui est fou ! Je ne sais pas pourquoi il a décidé de m'aider, mais il aurait pu le faire sans le tuer !

— C'est ma faute, Tale. Mon père, il... Il est fou, ça là-dessus, il y a pas de doutes. Tous les ans, pour mon anniversaire, il me demande de désigner quelqu'un à tuer, pour fêter comme il se doit la naissance de son fiston. Une mort pour une vie. »

Une chape de plomb tomba sur Tale.

Quoi ?

Elle repoussa son ami et recula.

« Tu n'es pas en train de me dire ce que je pense ?

— Je suis désolé Tale, j'ai vraiment cru qu'il allait... Alors je l'ai choisi, lui ! »

Tale se prit la tête dans les mains, ses doigts tremblaient. Ses nerfs ne tiendraient plus longtemps. Elle n'avait que quinze ans ! Elle frôlait la limite de ce qu'elle pouvait endurer pour une nuit.

Il l'a tué pour moi ? C'est ma faute s'il est mort. J'ai tué quelqu'un ? Une horrible personne, mais c'était le maire. Le village ne m'aimait déjà pas beaucoup, ça va être pire là ! Mais c'est pas moi qui ai voulu ça ! Don et sa bande vont me le faire payer... Par les Lunes ! Don ! C'était son père ! Non, c'est pas moi ! C'est Barbe-Folle ! Tout le monde sait qu'il est fou ! Obliger son fils de quinze ans à...

Tale releva la tête. Aghiles la fixait. Il était pâle et semblait suspendu dans le temps. Il attendait sa réponse comme un condamné attendait la hache du bourreau.

« Aghiles. Si c'était pour ton anniversaire... » Tale n'arriva pas à prononcer les mots. Ils restaient piégés dans sa gorge. Si elle les déclamait à haute voix, ils prendraient vie, deviendraient réels.

Mais elle devait savoir.

« Combien ? »

L'expression d'Aghiles se décomposa. La hache était tombée. Il s'écroula sur ses genoux. Ses yeux se vidèrent de vie.

« Trop », gémit-il.

Comme un raz-de-marée, la lumière revint dans son regard et emporta tout. Il cria et pleura en même temps, il demanda pardon. Tale se couvrit la bouche de ses mains, un geste vain pour garder sa contenance.

« J'ai essayé de ne pas le faire, mais il me frappait. Il me frappait jusqu'à ce que je lui dise qui faucher. Alors j'ai choisi. Au début, j'ai choisi la vieille Maureen, la mère de ma nourrice, parce qu'il lui restait plus longtemps à vivre de toute façon. Après, j'ai choisi un marchand de passage au village parce que je le connaissais pas. Après... »

Tale chercha à fuir la suite de la liste macabre d'Aghiles, mais son corps refusa de bouger. Elle ne put que rester plantée là, à laisser l'image de son ami se briser en mille morceaux.

Elle détourna le regard, le posa sur les chaînes de la Lune Entravée. Quand l'idée que l'on se faisait de quelqu'un mourait, est-ce qu'elle aussi remontait les chaînes pour reposer au creux d'Enthrall ?

Au bout d'un moment, Aghiles cessa de parler. Il se jeta à ses pieds, enlaça ses jambes, sa taille. Il enfouit son visage contre son ventre. Les bras de Tale murent alors de leurs propres chefs. Ils enlacèrent Aghiles. Elle s'entendit lui répéter que tout irait bien. Qu'elle lui pardonnait, que rien ne changerait.

Des mensonges.

Tale ne trouva pas la force de parler sur le retour. Aghiles marchait à ses côtés, aussi silencieux qu'elle. Ils arrivèrent à la taverne et s'échangèrent les pires des banalités. Elle observa son ami s'éloigner, le cœur serré.

Une bonne nuit ? Comment je pourrais passer une bonne nuit ? Est-ce que je vais dormir ce soir ? Est-ce qu'on arrive encore à dormir après avoir tué quelqu'un ?

Des feulements agressifs de chats en pleine dispute tirèrent Tale de ses pensées. Elle écouta la nuit, le vent et le faible écho des vagues.

Quelqu'un est mort ce soir et la vie continue...

Tale convoqua tout son courage et ouvrit la porte.

Vide.

Elle entra. Les chaises étaient renversées, de la nourriture et des flaques de boisson tapissaient le sol. La pagaille régnait. On s'était battu. Qui avait gagné ?

Tale s'avança jusqu'au fond de la salle, où elle trouva la mère avachie sur le sol, les yeux dans le vague, un bandage de fortune lui cerclant le crâne. Une gigantesque tâche de sang s'étalait devant elle. Au bout de ses doigts reposait un linge sanguinolent qu'elle frottait sans grande hargne contre le plancher de sa *Rose en Fleur*.

Maman... Je suis si désolée.

Tale s'agenouilla près d'elle, lui retira le linge des mains et le jeta dans un bac d'eau rougeâtre tout proche. La mère ne réagit pas. Elle l'aida à se lever.

Des milliers de questions lui brûlaient les lèvres, mais Tale savait qu'elle n'obtiendrait pas de réponses ce soir. Elle l'accompagna jusqu'à sa chambre, la déshabilla, lui enfila sa robe de nuit, et la coucha.

La mère ne protesta pas, la mère ne protestait plus. Une

apathie semblable la gagnait à chaque fois qu'une rumeur concernant Papa lui parvenait. D'abord, elle reprenait espoir, quelques instants. Et puis, quand la rumeur ne menait nulle part, elle mourrait à nouveau. Rien qu'un petit peu, mais Tale restait persuadée que les faux espoirs tuaient la mère à petit feu.

Mais pas elle.

Tale ne croyait jamais aux rumeurs : elles dépeignaient un homme bien trop différent de son père. Alors, elle survivait, elle restait forte. Quelqu'un le devait.

Elle borda son fardeau et regagna sa chambre.

« Tout est de ta faute. »

Tale se retourna, les lueurs des Lunes filtraient à travers la fenêtre et illuminaient le visage de la mère. Un semblant de vie animait ses pupilles. Elle fixait sa fille et parlait d'une voix fatiguée, épuisée.

« Tu ne m'apportes que du malheur. Mais c'est ma faute, à quoi d'autre je pouvais m'attendre en acceptant de te laisser naître ? On m'apprendrait que tu serais l'incarnation de Fleohan que je ne serais pas surprise. » La mère porta une main à son front et fut secouée d'un rire amer.

Tale s'enlaça une épaule et baissa les yeux.

« Tu vois, c'est ça un pirate. » La mère toussota pour reprendre son souffle. « Ça tue sans se préoccuper des conséquences, parce que les conséquences, il les tuera aussi. Ça creuse son chemin dans le sang et dans la chair. Ça ne regarde jamais en arrière. Ça laisse se débrouiller et crever ceux qu'il abandonne. Et toi, c'est ça que tu veux devenir ?

— Ils ne sont pas tous comme ça », dit Tale en relevant

la tête.

« IDIOTE ! » hurla la mère. Elle se redressa dans son lit et Tale recula d'un pas. « Ça ne te suffit pas d'être abandonnée par ton père ? D'entendre toutes ces histoires sordides quand tu te caches sous les tables ? De voir ce vieux pervers tenter de t'acheter ? De voir un homme dans la force de l'âge te rouer de coups pour quelques affronts que tu aurais faits à son gosse ? De voir ton ami demander à son père de tuer, de le voir s'exécuter le sourire aux lèvres ? Qu'est-ce qu'il te faut de plus, ma pauvre fille ? C'est ça, les pirates ! Des monstres, tous autant qu'ils sont ! »

Tale claqua la porte derrière elle. Elle sentit des chocs sous le bois, accompagnés des cris de la mère.

Sa poitrine se serra tellement qu'elle en avait mal.

Elle se trompe, c'est obligé. Qu'est-ce qu'elle en sait ? Elle n'est jamais sortie de Sadsande. C'est pas parce qu'ici c'est un ramassis de monstres que c'est pareil ailleurs. Papa était un bon pirate ! Je suis sûre que cette Lucretia en connaît d'autres. Elle voyage à travers le monde, elle, elle doit savoir !

Tale laissa la mère avec sa crise et se dépêcha de rejoindre son lit où elle passa la plus grande partie de la nuit à regarder son plafond et s'empêcher de pleurer.

4
NOUVEAUX RIVAGES

Je suis catégorique. Il nous serait impossible de recréer un tell alliage avec nos connaissances actuelles. Je m'orienterais donc vers l'hypothèse de la Sorcereine pour une raison toute bête : le lieu d'excavation de l'objet. Toutes ces plages appartenaient autrefois à son territoire. Cet artefact est définitivement digne de mon attention ainsi que de mes talents de chercheur, même s'il a été trouvé par un vulgaire renard. Les facéties de la Libre Lune n'ont décidément aucune limite. Je vais enfin pouvoir oublier cette pierre éolienne qui ne donne aucun résultat.

Extrait du journal de Carlyle Rampsabe, entrée de l'An 1064.

Tale se leva aux premières lueurs du jour. Ses yeux tiraient encore. Avait-elle réussi à dormir au moins quelques heures ? Elle se dépêcha de descendre pour se rendre aux cuisines, une des filles s'attelait déjà à préparer le petit déjeuner.

Lisette. La plus jolie des filles de la taverne, dont les cheveux évoquaient de délicieuses noisettes grillées. Elle ne se séparait jamais de son ras du cou surmonté d'une pleine Libre Lune, taillée dans de l'os.

Son bras portait encore les marques d'affection de Barbe-Folle et l'odeur de l'onguent que lui avait étalé Tale. Elle la salua, Lisette lui répondit par pure politesse, sans affection.

Tale avait beau prendre soin de leurs blessures quand on le lui demandait, aucune des filles ne cherchait à nouer de quelconques liens avec elle. C'était comme le lui disait la mère, personne ne lui faisait confiance. Personne ne voulait d'elle, surtout pas comme confidente. Mais cette fois-ci, Tale se devait de tirer plus qu'une salutation de la jeune cuisinière de fortune.

« Qu'est-ce qu'il s'est passé hier soir ? demanda-t-elle. Après…

— Après le meurtre du maire, tu veux dire ? »

Lisette trancha d'un coup sec un ananas, et posa son couteau sur la table de travail. Elle s'appuya sur ses mains et joua de ses épaules pour dénouer des tensions qui devaient la faire souffrir.

Le meurtre ? Est-ce que c'est vraiment un meurtre si on tue pour défendre quelqu'un ? Ou alors, c'est un meurtre parce que ce quelqu'un, c'est moi ?

Tale croisa les bras en les plaquant contre sa poitrine, et acquiesça.

« Des habitués se sont levés pour protester, d'autres pour applaudir. Certains se sont battus. »

Lisette ferma les yeux et Tale eut l'impression de la voir frissonner.

« Tout le monde a arrêté quand Barbe-Folle a coupé la tête du maire. Enfin, couper… » La voix de la jeune fille se déforma, la peur s'en était emparée. « Tu sais combien de coups d'épée il faut pour trancher un cou humain ? Il a frappé, frappé, frappé. Jusqu'à ce que tout le monde s'arrête, jusqu'à ce que tout le monde le regarde. Il a soulevé la tête, et s'est baigné dans son sang. Il l'a bu. Il a ouvert grand la bouche et sa langue a frétillé comme un poisson à l'air libre. »

Tale grimaça, Lisette frappa du poing sur la table.

« Quand je pense à ce que cet homme me fait, quand je pense à ce que sa langue a touché. » La jeune femme agrippa sa gorge, tous les traits de son visage étaient tirés. « Ça me rend malade, Tale.

— Je suis désolée.

— Tu n'y peux pas grand-chose. Personne n'osera remettre en question Barbe-Folle. Il était déjà le pirate le plus influent du village, est-ce qu'il en est devenu le chef maintenant ? Qui sait ? »

Lisette récupéra son couteau et reprit ses travaux, coupant net la discussion.

Tale haussa les épaules, et se rapprocha du garde-manger. Elle avala une tranche de pain au beurre salé et un bon morceau de fromage de chèvre. Alors qu'elle mâchait bruyamment son repas, Lisette la bouscula pour se saisir d'une bouteille de rhum et en verser dans la poêle remplie de fruits. Elle s'approcha ensuite du foyer et flamba le tout, des flammes bleues jaillirent de l'alcool et léchèrent les morceaux d'ananas.

Le regard de Lisette se perdit dans les flammes.

« Ce que tu peux faire par contre, c'est arrêter de fréquenter son fils. La pomme ne tombe jamais bien loin de l'arbre, et puis ça soulagerait ta mère. »

La jeune femme quitta la cuisine sans un mot de plus en emportant son déjeuner sur un plateau.

Mais Aghiles n'est pas comme son père. C'est lui qui est obligé de le subir tout le temps, qui se fait taper dessus. C'est lui qui est obligé de... choisir des gens à tuer.

Tale soupira, trop de questions la tourmentaient. Elle les chassa de son esprit et profita de l'eau nouvellement puisée pour se débarbouiller, et remonta pour finir de se préparer.

Le maire est mort, je peux rien y faire de plus. La mère ne voudra pas sortir de sa chambre avant un bon moment. J'ai pas envie de voir Aghiles tout de suite... Autant profiter des bonnes choses en attendant. La fille d'hier avait parlé d'une fête !

Elle donna un coup de brosse à ses cheveux qu'elle noua en queue de cheval. Elle enfila une tunique et une jupe propre, et alors qu'elle franchissait le pas de sa porte, les mots de la mère l'assaillirent. Elle fit demi-tour, chercha du regard le foulard qu'elle avait jeté dans un coin. Elle le trouva, le déplia, et le noua autour du cou, telle une capeline. Le tissu noir recouvrait ses épaules et cachait ses taches.

Comme ça, on les voit moins. C'est pas pour faire plaisir à la mère. C'est juste que... c'est joli aussi, porté comme ça. Il faut se rendre présentable quand on va rejoindre des gens qu'on ne connaît pas. Surtout quand... on est laide.

Elle effleura ses joues, se pinça les lèvres et musela ce qui se brisait en elle.

Tale se dépêcha de descendre, mais ralentit en passant devant la chambre de la mère.

Elle ronfle fort. Elle a dû demander de l'aide au rhum pour s'endormir. Je vais pouvoir rentrer un peu plus tard.

Enfin, elle s'élança dans les rues de Sadsande. Tale devait traverser tout le village pour rejoindre la colline que lui avait indiquée Lucretia. Sur le chemin, elle passa devant la petite Église des Astres. Elle servait de lieu de culte autant pour la Libre Lune que pour la Lune Enchaînée ou le Soleil. Tale avait pour habitude d'y attendre Aghiles quand ils étaient plus petits et qu'ils prévoyaient d'explorer les alentours du village.

Elle hésita un moment... finalement, elle continua sans s'arrêter.

Le Soleil dardait de ses rayons, les insectes virevoltaient dans les airs et ajoutaient aux brises leurs mélodies grinçantes. L'ascension de la colline se révéla plus difficile que prévue, Tale chassa la sueur de son front et réajusta le foulard sur ses épaules. Elle s'appuya contre un gigantesque jacaranda, dont les fleurs d'un bleu vibrant projetaient des vagues d'ombres parfumées. Elle s'en gorgea jusqu'à regagner son souffle.

Tale n'avait parcouru que la moitié du chemin, mais déjà, la vue qui s'offrait à elle apaisa curieusement ses inquiétudes. D'ici, Sadsande changeait de visage. Les maisons devenaient de petits morceaux de bois autour d'un autre, à peine plus gros, en pierre. Plus loin, d'autres éclats tapissaient la crique.

La marée avait déjà recouvert l'estran, un triste navire ballottait près des pontons : le vaisseau de Barbe-Folle.

La Larme de Fond... Même elle. D'ici tout semble si... insi-gnifiant. Si je voulais, je pourrais les écraser d'une claque comme on se débarrasse d'une mouche. Plus de Barbe-Folle, plus de Sadsande... Plus d'Aghiles... Plus de problèmes.

Elle reprit sa route en s'interdisant de penser à son ami et se maudit d'avoir oublié d'emporter de l'eau pour le chemin. Au bout de longues minutes, l'écho lointain de voix chantantes lui parvint. Bientôt, il fut rejoint par celui de bruits de fer, de hennissements, de notes fugaces d'instruments à cordes et d'éclats de rire.

Des effluves épicés gonflèrent la brise et rafraîchirent Tale. À chacun de ses pas, l'odeur et les sons s'intensi-fiaient, jusqu'au moment où tout lui apparut.

Légèrement en contrebas, des dizaines de roulottes for-maient un cercle, un bourg de fortune. Il vrombissait de vie. Des hommes, des femmes, des enfants et même des vieillards, tous s'entraidaient à déballer ici ou à ranger là des breloques, des tentes, des étals. Ils portaient des vêtements aux mille couleurs, beaucoup de voiles et de franges.

Les femmes arboraient d'amples ceintures de tissu surmontées de médailles de bois peintes, et les hommes, des bandanas aux motifs intriqués, qui laissaient tout de même des mèches de leur toison blanche à l'air libre. Leurs cheveux à tous semblaient scintiller d'argent sous la lumière de Leoht.

C'est ça une fête ?

Tale sourit bêtement : son cœur s'emplissait de chaleur, les poids qui la tourmentaient s'allégèrent. Elle eut envie de rejoindre les Éoliens pour rire, danser et manger avec eux. Mais elle ne connaissait personne, si ce n'était une fille à peine plus âgée qu'elle. Si elle déboulait jusqu'à eux, l'accueilleraient-ils à bras ouverts ou la chasseraient-ils comme tout le monde à Sadsande ?

Son sourire s'effaça. Une vague de froid déferla sur son bas ventre, s'entrechoquant contre une autre, brûlante. L'onde se propagea dans tout son corps, dressant ses poils et ses cheveux sur sa nuque. Tale réprima un haut-le-cœur.

Je vois pas Lucretia. Je peux pas y aller sans qu'elle me présente. Ça se fait pas. Je repasserais plus tard. Après manger. Oui, c'est bien ça, après manger.

Elle recula et ses pieds butèrent contre quelque chose qui lui cria dessus. Tale se retourna en se protégeant le visage de ses bras, s'attendant à une taloche :

« Désolée ! Je ne voulais pas vous épier, je vous le jure sur Leoht le Soleil ! »

Mais le coup ne vint pas, alors elle ouvrit les yeux.

Encore toi ?

Un renard se tenait sur ses quatre pattes, prêt à s'enfuir au moindre geste. Il l'observait avec insistance. Tale s'accroupit et lui présenta sa main. La bête s'approcha pour la renifler.

« Où se cache ton amie ? »

Le renard lui lapa la main. Ce simple contact rappela à ses lèvres son sourire.

Alors t'as pas peur de moi, toi ? Je te dégoûte pas ?

Il se rapprocha un peu plus, poussa sa tête contre sa paume. Elle en profita pour le caresser et lui gratter l'oreille jusqu'à ce que du bruit dans les arbres détourna son attention.

Quelque chose remuait parmi les acacias, dont le parfum enveloppait maintenant Tale. Quelque chose qui jaillit du mur de pétales magenta : une jeune femme, Lucretia.

Elle portait une chemise bouffante qui laissait ses épaules dénudées et entrevoir la naissance de sa poitrine. Ses longs cheveux d'argent étaient tressés et surmontés de fleurs bleues et roses.

Lucretia la salua d'une pirouette, qui déploya ses jupons comme une fleur arc-en-ciel en pleine floraison, qu'elle ponctua d'une révérence et d'un plein sourire.

« Bienvenue chez moi ! »

Tale applaudit sans vraiment s'en rendre compte, et le rire chantant que lui rendit l'Éolienne résonna au plus profond de son cœur.

Lucretia se rapprocha en enchaînant des pas de danse exagérés. Un petit saut suivit d'un déhanché, puis elle attrapa un pan de sa robe pour dévoiler une nouvelle fois sa déferlante de couleurs. Elle tournoya, de plus en plus vite, conduite par le rythme des mains de Tale. Si vite qu'elle en perdit l'équilibre et manqua de lui tomber dessus. Tale la rattrapa de justesse et ajouta son rire à ce numéro impromptu. La Renarde, elle, en profita pour s'allonger et s'étirer.

« Ça me fait tellement plaisir que tu aies pu venir, avoua Lucretia en retrouvant l'équilibre. Je craignais qu'avec ce qu'il s'était passé, tu aies préféré rester parmi les tiens.

— Les miens ? » L'expression de Tale se teinta d'amertume. « J'ai peur de ne pas vraiment en avoir. »

— Pas même ce garçon ? C'est ton ami, non ?

— C'est… compliqué. »

Lucretia acquiesça en levant les yeux au ciel. Elle lui

attrapa le bras et l'entraîna vers les roulottes.

« Rien n'est jamais aussi compliqué que ce que suggère ton front tout plissé, dit Lucretia. Ce qu'il te manque, c'est un autre point de vue. »

Tale tâta son front et gonfla ses joues.

Elle se moque de moi en fait. Je savais que c'était trop beau. Elle est comme les autres, elle veut juste se payer ma tête.

Des vibrations dans son bras la ramenèrent au regard vairon de l'Éolienne. Lucretia la secouait et lui disait non de la tête.

« Ne te retranche pas dans tes pensées, explique-moi plutôt ce qui te tracasse. »

Elle comprendrait pas. Elle se moquerait de moi.

Tale s'enlisa dans le silence et stoppa net leur marche. Lucretia lui rendit son bras et s'éloigna de quelques pas.

Voilà, c'est mieux comme ça. Personne ne me comprendra vraiment jamais, alors c'est pas la peine d'essayer.

La truffe moite de La Renarde plongea à toute vitesse sur son visage. Tale bascula en arrière et tomba de tout son long. Cela n'arrêta pas l'animal, ou plutôt, cela n'arrêta pas Lucretia qui tenait son compagnon à bout de bras et qui le plaquait contre la face de Tale.

Mais elle est complètement folle !

« Regarde La Renarde, » lui enjoint Lucretia. « Tu vois, pour toi, c'est un renard comme les autres, parce que tu ne cherches pas à la voir autrement. Tu ne l'observes que de ton point de vue. »

Tale se redressa et observa plus attentivement la bête. Cette dernière le lui rendit juste avant de bâiller et de dégager une terrible odeur de charogne. Elle se boucha le nez.

C'est un renard qui pue comme tant d'autres, qu'est-ce qu'elle veut que je lui trouve ?

Lucretia s'écarta d'un pas et exposa le ventre de son ami. Son pelage s'y voulait moins dru, mais le plus étonnant restait les motifs que formaient ses poils roux et blancs. Des formes très précises, étrangement familières.

Ça ressemble à une carte, comme celles que Papa me montrait avant. Là, c'est une croix ?

Tale effleura le ventre de La Renarde, qui se contorsionna pour échapper au contact. Elle retomba sur le sol avec grâce, et fusa vers les arbres jusqu'à disparaître sous leurs ombres.

« Tu vois, reprit Lucretia, sans moi, tu n'aurais jamais vu ce qu'elle cachait là dessous. Tu n'aurais jamais compris qu'elle n'est pas un renard comme les autres. C'est pareil pour tes problèmes. Tu les penses insolubles, mais qui sait ? Peut-être que j'y verrais plus clair que toi ? »

Son charognard a vraiment une carte sur le ventre ?

Lucretia s'empara à nouveau du bras de Tale.

« Allez, raconte-moi tout, implora-t-elle d'un ton sirupeux.

— Mais, ton renard !

— D'abord tes problèmes, ensuite, on pourra parler de sa fourrure. »

Tale se surprit à céder à ses suppliques. Elle lui parla de son père, des cartes qu'il lui montrait en lui expliquant comment les lire. Bien vite, elle lui avoua à quel point il lui manquait.

« Je te comprends, dit Lucretia. Moi aussi j'ai perdu mon père, ma mère aussi. Quand j'étais petite. Je ne les ai pas connus longtemps. Pourtant, parfois, leur absence m'est si douloureuse que je pourrais en devenir folle. »

Tale posa sa main sur celle de Lucretia et la caressa du pouce d'un geste instinctif. Quand elle s'en rendit compte, Tale rougit et cessa sur-le-champ. Lucretia se contenta de se blottir contre son épaule.

Elles marchèrent ainsi jusqu'aux roulottes, où Tale fut présentée au clan qui l'accueillit avec le sourire. Les larmes aux yeux, elle se dépêcha de leur rendre leur gentillesse en proposant son aide. Tale travailla ainsi à déballer le camp, guidée par sa nouvelle amie.

Elles ne cessèrent pas un instant de discuter. Tale lui raconta ses problèmes avec la mère, avec les autres enfants du village. Elle lui expliqua son rêve de devenir pirate, de prendre en main sa vie loin d'ici, de retrouver son père.

Lucretia l'écoutait attentivement en commentant toutes ses révélations. Elle ricanait, s'émouvait et s'emportait avec tant d'aisance. Elle portait ses émotions sur ses lèvres là où Tale les enfouissait au fond de son cœur.

Tale mangea avec les Éoliens, des plats si épicés qu'ils incendièrent sa bouche. Tout le camp rit et lui proposa une myriade d'astuces pour calmer le feu. Tale découvrit qu'Aghiles n'était pas le seul capable de pointer ses défauts et d'en rire dans la joie, sans méchanceté, avec bienveillance. S'amuser de ses défauts, les accepter, les embrasser même.

Tale pleura. Beaucoup.

Une très vieille dame la prit dans ses bras et l'aida à se purger de toutes ses émotions restées coincées en elle depuis si longtemps. Elle lui tapota le dos, la serra fort contre elle. D'autres bras s'ajoutèrent à leur étreinte, puis la tête de Lucretia se lova contre son épaule.

Elle pleurait, elle aussi. Un peu.

L'Ancienne récolta ses propres larmes de son pouce pour les ajouter aux joues de Tale, dans le sillon tracé par son propre sel. Elle se releva ensuite, péniblement, et regagna sa roulotte.

« Tu lui rappelles ce qu'elle a été », lui expliqua Lucretia à l'oreille.

Elle tira une fleur de ses cheveux pour l'ajouter à ceux de Tale, qu'elle entreprit de tresser.

« Elle a dû se débrouiller toute seule, très tôt. On l'a trouvé encore bébé dans les rues d'une grande ville du Lyon. Puis on l'a abandonnée quand on s'est rendu compte de la blancheur de ses cheveux, de son teint qui ne s'éclaircissait pas. On ne nous aime pas là bas, dans l'empire. Oh, les gens viennent s'amuser avec nous, mais... Au fond d'eux, ils ont peur de nous. Alors ils nous détestent. L'Ancienne a voyagé longtemps avant de trouver d'autres Éoliens, encore plus avant d'en trouver qui partageaient sa vision de la vie.

— Elle a réussi ! s'émerveilla Tale. Elle s'est construit son propre clan pour être libre !

— Oui, même si cela lui a pris toute une vie. »

Je peux y arriver moi aussi !

L'Ancienne sortit une tête de sa roulotte, offrit son sourire à toute l'assemblée, qui la pressa de les rejoindre. Elle les fit patienter d'un geste, et s'avança à nouveau jusqu'à Tale. Elle lui présenta un foulard d'un bleu céruléen. Des broderies au fil d'argent y figuraient des vagues. L'océan sur un carré de soie. La vieille dame le lui tendit.

Elle ne veut tout de même pas... C'est trop !

« Ça ne se refuse pas, un cadeau de l'Ancienne, chuchota Lucretia. Ça porte même malheur. Enfile-le. Sur la tête,
ou sur la taille. Mais vite. »

*Elle se moque de moi, ça ne peut pas porter malheur ! Mais...
c'est tellement gentil.*

Tale balaya les Éoliens du regard. Ils attendaient tous
qu'elle accepte le présent de leur chef. Les femmes l'en-
courageaient avec bienveillance. Les hommes, eux, la
défiaient avec insolence.

Elle s'empara du voile.

Si doux.

Elle le noua autour de ses cheveux, Lucretia l'y aida
et ajusta même ses tresses. L'Ancienne la détailla, puis
approcha ses doigts tortueux de sa poitrine. Elle dénoua
le foulard de la mère, libéra ses épaules. Tale frissonna.
L'Ancienne laissa l'étole s'envoler au vent, le clan cria de
joie.

Le souffle chaud de Lucretia emplit les oreilles de Tale.

« Les étoiles parlent d'une reine pirate. Dangereuse,
majestueuse, somptueuse, n'écoutant que sa propre voix.
Une femme...

— Libre », termina Tale.

5
LA CARTE VENUE D'AILLEURS

Vouloir se débarrasser des Éoliens ? Peine perdue, ils sont pires que de la vermine ! Ils se multiplient sans cesse, aux quatre coins du continent. Ça m'étonnerait pas qu'on en trouve aussi en Eldr, tient ! C'est sur que c'est grâce à leurs sorcières qu'ils tiennent le coup, c'est pas possible autrement.

*Bruits de comptoir d'une taverne
de la fédération d'Ennea, date inconnue.*

Tale ne connaissait rien aux étoiles, mais cette reine pirate dont lui parlait Lucretia, elle éveillait quelque chose au fond d'elle. De l'admiration, de l'envie ? Un mélange des deux, et plus encore, à n'en pas douter.

Elle observait le foulard de la mère s'ébattre dans les airs, fuir son emprise. Ballotté par les vents, il remonta la sente qui menait aux acacias, jusqu'à passer entre les mains d'un garçon roux.

Aghiles attrapa l'étole, et chercha du regard quelque chose en contrebas.

Non, pas toi. Je ne suis pas encore prête.

Il agita exagérément son bras, Lucretia répondit à son salut avec le même entrain.

« Tale, regarde, c'est ton ami !

— C'est trop tôt », assura Tale. Je ne sais toujours pas quoi penser de ce qu'il m'a dit. J'y ai réfléchi toute la nuit. Sans rien décider. C'est mon ami, mais il m'effraie. Il a causé la mort de tellement de gens. » Tale se retourna vers Lucretia en plaquant sa main contre son cœur. « J'ai envie de continuer à l'aimer, mais je sais pas si j'en suis encore capable.

— Parce qu'à cause de lui, le maire est mort ? »

Lucretia dégagea quelques mèches du bandana de Tale, elle se concentrait tellement qu'elle en tira la langue. Elle entortilla les cheveux libérés autour de ses doigts, leur donnant plus du volume.

Est-ce qu'elle m'écoute vraiment ?

« Tu étais prête à le tuer, toi aussi. Pour sauver ta peau, non ? reprit Lucretia.

— Oui, parce que c'était lui ou moi, parce que j'avais pas le choix. »

C'est même pas ça le problème. Moi aussi, je l'aurais tuée, cette ordure, pour sauver Aghiles. Le problème, ce sont les autres. Tous les autres.

« Tu m'as bien dit que son père, Barbe-Folle, le battait pour l'obliger à désigner quelqu'un ? Un homme fait, qui frappe un enfant de toutes ses forces ? J'ai l'impression que dans son cas aussi, c'était lui, ou eux.

— Mais eux, ils ne lui avaient rien fait à lui. C'est ça qui est horrible.

— Oui c'est horrible, mais je crois que tu te trompes

de cible ici. C'est Barbe-Folle, le fautif. Pas ton ami. Il n'a fait que subir, il n'a fait que ce qu'il pouvait faire. Rien de plus. »

Moi, j'aurais fait mieux. Moi, j'aurais préféré mourir plutôt que de tuer des gens innocents.

Lucretia s'éloigna de quelques pas et admira une dernière fois la mise de Tale en se mordillant l'index. Elle ajouta une autre fleur dans sa tresse et frappa des mains. Elle attrapa une nouvelle fois le bras de Tale et l'entraîna à la rencontre d'Aghiles qui dévalait à toute vitesse la pente.

« Il est toujours le même que celui qu'il était hier matin », dit Lucretia.

Non.

« Un garçon qui a besoin de sa seule amie », continua-t-elle.

Peut-être.

Aghiles courut jusqu'à elles, s'attirant les regards amusés des Éoliens qui lançaient pourtant les festivités. Quand il arriva au niveau de son amie, il était à bout de souffle, mais il lui tendit tout de même son voile.

« Tale, je t'ai cherchée partout ce matin ! Et quand je décide enfin de venir voir si tu n'étais pas déjà sur la colline, ton foulard se jette pratiquement sur moi !

— Quelle curieuse coïncidence, n'est-ce pas » ? releva Lucretia d'une voix chantante.

Au son de sa voix, Aghiles se redressa et gonfla sa poitrine. Il tenta de masquer son essoufflement, joua de ses épaules, et surtout, il affichas cette curieuse expression, un étrange mélange d'assurance et de bêtise.

« Lucretia, dit-il. Je ne t'avais pas vu, c'est un plaisir de te revoir. »

Qu'il m'agace !

Tale récupéra l'étole de la mère d'un geste brusque, et la noua à sa taille. Aghiles ne releva même pas sa rudesse, tout perdu qu'il était dans les yeux de Lucretia.

Pourquoi il la regarde comme ça ?

La musique gonfla dans le camp, les robes éoliennes s'épanouirent en rythme. Lucretia invita Aghiles à la suivre, il obtempéra sans même adresser un regard à Tale. Ils se dépêchèrent de rejoindre les danseurs tout en se chahutant.

Tale les regarda s'éloigner sans bouger.

Une chose est sûre, c'est qu'il arrive à m'énerver tout comme avant !

Les deux jeunes gens se retournèrent vers Tale et la pressèrent de les rejoindre. Elle bouda le temps qu'ils vinrent la chercher, et repartirent danser tous les trois.

Lucretia impressionna grandement Tale. La danse qu'elle exécuta, elle la maîtrisait. D'autres femmes imitaient ses pas, mais jamais elles ne sautèrent aussi haut, ne tournèrent aussi longtemps.

Aghiles, lui, la fit rire jusqu'à en avoir mal aux côtes. Dépourvu de sens du rythme, il gigotait vaguement de gauche à droite et amusait tout le camp. On lui céda même le passage quand Lucretia l'entraîna sur un de ses pas endiablés.

Les regards qu'ils échangèrent intriguèrent Tale.

Ils ont les mêmes yeux que les clients de la taverne quand ils reluquent Lisette et les autres filles... Est-ce que moi aussi j'aurais des yeux comme ça ?

La fête continua jusqu'à la tombée de la nuit. Les Lunes

s'élevèrent, les verres se remplirent, et la sueur s'écoula. Tale vivait, enfin !

Elle se gorgea de tout ce que cette journée pouvait lui offrir. Elle défia Aghiles à un concours de boisson et perdit à un verre de bière prêt. Elle apprit les pas de danse des hommes et ridiculisa son ami avec facilité, mais il lui rendit la pareille quand on leur prêta des jupons pour danser comme les femmes.

L'Ancienne profita même du coucher du Soleil pour chanter. Une mélodie mélancolique sur une terre perdue, reprise par tout le camp. Tale écouta, la gorge nouée, la tête sur l'épaule d'Aghiles et la main dans celle de Lucretia. Elle détaillait les traits de son ami, cherchant ceux qui trahiraient sa nature de meurtrier.

Peut-être que j'aurais pas fait comme toi. Peut-être que j'aurais été plus forte, mais… t'es pas moi et… j'ai besoin de toi.

Elle aperçut des larmes couler sur la joue d'Aghiles, elle se blottit encore plus près.

T'es pas que ce que ton père essaye de faire de toi, tout comme je suis pas ce que la mère veut faire de moi.

Tale sentit Lucretia bouger, et remarqua La Renarde se lover contre ses genoux.

Quel étrange animal !

« Je suis en train de vivre la meilleure journée de ma vie », avoua Aghiles.

Lucretia ricana, mais Tale savait qu'il ne plaisantait pas. Elle ressentait la même chose. Jamais elle ne s'était sentie si… acceptée, si comprise.

« C'est comme ça tous les jours ? poursuivit-il.

— Presque, répondit Lucretia. Aujourd'hui, c'est une fête que pour nous. Demain, les gens de votre village se mêleront à nous. Le rythme changera, mais la fête perdurera. »

Lucretia scrutait les cieux nocturnes. Tale suivit son regard pour tomber sur la Lune Entravée. Toujours pleine, comme à son habitude. Elle dardait sa pâle lumière parmi des nuages opaques et ses chaînes cristallines qui la maintenaient en place rivalisaient d'éclats rosâtres.

Lucretia semblait détailler chacun des maillons. Tale savait qu'ils reliaient Enthrall au monde en plusieurs endroits, l'une de ces chaînes la fixait même au milieu de la mer, quelques îles plus loin. Quelle taille pouvaient-elles faire vues de prêt ?

« Lucretia, demanda Tale. Est-ce que tu as déjà pu t'approcher des chaînes de la Bien-Aimée au fil de tes voyages ? »

La main de Lucretia tressaillit.

« Bien sûr que non ! Il existe des endroits que même nous fuyons. Des tempêtes et des mirages trompeurs interdisent l'accès à celle d'ici, l'autre que je connais, elle est enfoncée au cœur des Landes-Sans-Vies. Des terres mortes, où rien ne pousse, ou personne ne vit. Des terres interdites par l'Ordre du Paladinat.

— Les chasseurs de sorcières ? s'étonna Aghiles. C'est pas un mythe ? Tu en as déjà rencontré un ?

— Ils ne sont plus très nombreux, mais ils existent encore, oui. »

Lucretia se releva, afficha un sourire malicieux. Elle adopta une posture hautaine et plaqua ses mains contre ses hanches.

« Ils se croient tout permis, poursuivit-elle. Avec leurs belles armures et leur croix à trois branches autour du cou. Ils marchent comme si la terre qu'ils piétinaient leur appartenait. »

L'Éolienne imita une démarche balourde. Tale et Aghiles se redressèrent pour mieux profiter du spectacle.

« Ils parcourent le monde à la recherche de sorcières, pourtant, tout le monde sait qu'elles ont disparu il y a des siècles, en même temps que la Sorcereine. Ils en savent quelque chose, puisque ce sont eux qui ont exterminé toutes ces femmes. Pourtant, ils les cherchent encore. »

La Renarde s'approcha de la scène, trottina autour de Lucretia.

« Ils sautent sur tout ce qui sort de leur ordinaire ! »

Lucretia plongea sur La Renarde et l'attrapa à la volée, ignorant les protestations de la bête, et tournoya avec elle.

« Ils frappent, ils fouillent, ils pillent jusqu'à ce qu'il ne reste plus rien. »

La jeune femme lâcha sa compagne, qui se rua vers Tale pour se réfugier derrière elle.

« Jusqu'à ce qu'ils déclarent ne pas avoir trouvé de trace de sorcellerie, et puis ils repartent sans même s'excuser. »

Lucretia se laissa tomber au sol dans une position de détresse exagérée. Le plat de la main sur son front, elle continua :

« Des demeurés, c'est tout ce qu'ils sont. »

Elle abandonna sa posture de pleureuse et s'assit en tailleur. Elle leva les yeux au ciel.

« Ils accourent dès qu'on les appelle, trop contents de montrer qu'ils ont encore un semblant d'utilité. Figurez-vous que dans l'Empire, ils sont beaucoup à ne pas nous apprécier, nous les Éoliens et notre Déa. Pour eux, nous sommes d'horribles païens. Alors, si on lit la bonne aventure dans des cartes, ou dans les étoiles, c'est qu'on mérite forcément de se faire exécuter pour sorcellerie. »

Lucretia chercha à nouveau les astres des yeux, mais cette fois-ci, ils se posèrent sur la Libre Lune, Fleohan. Aghiles se rapprocha pour lui poser avec douceur une main sur l'épaule. Tale n'osa pas bouger, et se contenta d'accueillir La Renarde dans ses bras.

Alors même ailleurs, c'est pas forcément mieux qu'ici ?

Lucretia goûta de sa joue le bras nu d'Aghiles, laissa ses paupières se clore. Elle ajouta de quelques murmures :

« On ne s'habitue jamais à soutenir le regard d'inconnus qui préféraient vous voir morts plutôt que de faire l'effort d'essayer de vous comprendre. »

Le cœur de Tale se serra face à cette confession, mais elle ne fit qu'étreindre un peu plus fort le renard.

J'ai l'impression que je dérangerais si je m'approchais d'eux... Pourquoi ?

Aghiles s'accroupit pour trouver le regard de Lucretia.

Des picotements parcourent le ventre de Tale, elle aurait voulu les séparer l'un de l'autre sur-le-champ.

« Que leurs vies doivent être bien ternes alors, dit Aghiles d'un air blasé. J'aurais presque pitié d'eux. »

Lucretia sourit, les sourcils de Tale se froncèrent et son souffle s'accéléra.

« C'est ce que je me dis aussi, avoua Lucretia. La plupart du temps. »

La Renarde geignit. Tale se rendit compte qu'elle l'avait serrée trop fort. La bête s'enfuit vers le centre du camp, là où des grillades continuaient de noircir près du feu, accompagné de dizaines de conversations différentes.

Lucretia hoqueta de surprise, Tale leva les mains comme pour clamer son innocence.

Je l'ai pas fait exprès !

L'Éolienne se releva et invita Aghiles à la suivre pour regagner la compagnie de Tale.

« Ne t'en fais pas, ça reste une bête sauvage après tout, ricana Lucretia. Elle reviendra bien assez tôt. »

Elle s'allongea sur le sol et appuya sa tête contre les genoux de Tale. Cette dernière retint sa respiration, et la relâcha quand Aghiles l'ébouriffa en s'installant contre elle, dos à dos.

« C'est pour ça que je suis heureuse de vous avoir rencontré », reprit Lucretia.

Tale la regarda et aperçut un miroitement dans ses yeux. Elle acquiesça.

Moi aussi je suis heureuse d'avoir rencontré quelqu'un comme toi. Quelqu'un qui ne me juge pas sur ma couleur de peau, sur mes taches. Sur mon envie de devenir pirate.

« Vous allez rester longtemps ici ? »

Tale sentit les vibrations de la voix de son ami à travers son dos.

« Je ne sais pas. D'habitude, on ne reste pas plus longtemps que quelques jours, ou parfois, quelques semaines. C'est qu'on parcoure le monde à la recherche de ce que nous avons perdu. Des souvenirs, des chants égarés, des paysages oubliés. »

Lucretia s'esclaffa et leva la main pour passer une mèche rebelle de Tale derrière son oreille.

« Pas un seul des clans éoliens ne recherche la même chose, et croyez-moi, on est nombreux. Il existe même une sorte de hiérarchie parmi nous, un peu comme les nobles de l'empire, ou les marchands de la fédération. Comme si la valeur de ce qu'ils recherchaient déterminait la valeur du clan, alors qu'en réalité, on cherche tous la même chose. Retrouver un bout d'Éolia, rassembler les éclats brisés de notre patrie.

— C'est une belle raison de voyager, résuma Aghiles. Moi, tout ce que je recherche quand je suis en mer, c'est de l'or et des bijoux à voler. »

Il arrachait des touffes d'herbe tout en parlant.

« Mais j'espère qu'un jour, j'en trouverai assez pour tout arrêter. Assez pour vivre une autre vie. »

Tale laissa sa tête tomber contre l'épaule d'Agiles, et pressa sa joue contre la sienne.

« Moi aussi je veux partir parcourir le monde, expliqua-t-elle, le regard perdu dans les étoiles. Voyager à la recherche de ce que j'ai perdu.

— Ton père » ? demanda Aghiles.

Tale hocha la tête. Son ami bougea derrière elle, puis ses bras l'enlacèrent et son menton se posa dans le creux de son cou. Lucretia attrapa sa main et la porta contre sa joue.

Je te retrouverai Papa.

Soudainement, La Renarde fendit l'ombre d'une roulotte pour venir se lover elle aussi contre Tale, des brochettes plein la gueule qu'elle déposa à même l'herbe. Les trois amis rirent aux éclats. Lucretia embrassa ensuite la main de Tale, et se redressa pour chiper une pique à son animal. Elle engloutit un bon morceau, puis soupira tout en se grattant le menton avec la tige de bois toute graisseuse.

« Si seulement les taches de La Renarde pouvaient réellement être une carte et nous mener à ce que nous recherchons. Vous imaginez ? Toi qui disais vivre la meilleure journée de ta vie, là, elle serait parfaite, Aghiles.

— Une carte » ? s'étonna Aghiles.

Oh, mais oui, avec tout ça, j'en avais presque oublié le ventre bizarre de cette bête ! Mais alors...

« Ce n'est pas vraiment une carte ? demanda Tale.

— Bien sûr que non, c'est juste un renard avec d'étranges taches », révéla Lucretia.

Elle fourra sa brochette entre ses dents, se pencha sur La Renarde pour la soulever et montrer son ventre à ses nouveaux amis.

« Mais c'est déjà beaucoup. Ça la rend à part, un peu comme nous tous. »

Aghiles se redressa brusquement et s'approcha sans délicatesse de la bête, grimpant à moitié sur Tale au passage. Elle lui jeta quelques mots colorés au visage, mais il l'ignora royalement.

« Je connais ce contour ! Vous les reconnaissez pas ? Là, c'est l'île aux sirènes, et là, c'est la crique de Sadsande ! »

Tale poussa Aghiles et regarda à son tour. La lueur des flambeaux teintait de mysticisme la découverte. Elle ne connaissait pas aussi bien que lui le détail du littoral de l'île, mais maintenant qu'elle savait quoi chercher, elle ne pouvait nier l'étrange forme de la tache la plus grande, celle contenant une croix blanche : une sirène.

Une vraie carte au trésor ! Une vraie de vraie !

« Ce n'est qu'à une heure en barque depuis le village » ! s'exclama Aghiles.

Tale se releva d'un bond et s'étira. Elle se tourna vers ses amis, un sourire malicieux aux lèvres.

« Vous disiez qu'il ne manquait qu'une seule chose
pour que cette journée soit parfaite, non ? »

6
LA ROSÉPINE

Les Lunes brillaient fort dans les cieux nocturnes, accompagnées qu'elles étaient des étoiles et des chaînes de l'une d'entre elles. Tale discernait clairement la corde qui reliait la vieille barque au bollard, au bout du ponton, juste derrière une autre petite embarcation à voile.

La barque appartenait à un pêcheur qui ne l'utilisait que rarement, mais elle servait surtout de terrain de jeu aux enfants. Enfin, aux autres. Tale n'avait jamais eu le droit d'y mettre un pied. Ce soir, enfin, elle pourrait monter dans cette embarcation qui lui avait toujours donné envie.

Les quais étaient déserts à cette heure avancée de la nuit : personne ne prenait la peine de monter la garde quand le seul navire d'envergure amarré était la *Larme de fond*. S'approprier la barque serait des plus simple.

Tale longeait l'entrepôt qui bordait le petit port tout en serrant contre elle le précieux sac qu'elle et ses amis avaient rempli de provisions chez les Éoliens. La Renarde avançait à ses côtés, comme si elle connaissait déjà leur destination. Bien derrière elle, Lucretia et Aghiles les suivaient, perdus dans une discussion sans fin que Tale écoutait d'une oreille distraite.

« Mais c'est tout de même fou qu'un renard qui vient d'on ne sait où se retrouve avec une carte sur la peau du ventre ! s'étonna Aghiles. Encore plus quand cette carte représente notre région !

— C'est le destin, minauda Lucretia. Le même destin qui vous a conduit toi et Tale sur cette plage, la nuit dernière. »

Tale réprima exagérément un haut-le-cœur. Ces deux-là n'en finissaient plus de se dévorer du regard et de s'étonner des facéties de la Libre Lune, du Soleil ou du destin.

S'ils parlaient moins et marchaient plus vite, on serait déjà sur l'eau !

Le trio posa les pieds sur le ponton quand une silhouette encapuchonnée jaillit des ombres, à leur rencontre. Elle se tenait courbée, comme si elle portait un poids invisible sur les épaules, mais elle restait grande. Beaucoup plus grande que Tale. Elle fila droit sur elle et l'empoigna.

Quoi ?

« J'ai trop besoin de toi pour rentrer les mains vides ! » marmonna l'étranger d'une voix grinçante.

Sa main était aussi noueuse que les branches d'un vieil arbre, aussi blanche que les arêtes d'un poisson. Il serra si fort son poignet que Tale crût qu'iI le brisa en deux. La douleur l'obligea à lâcher son sac aussi sec. Il l'attira à lui avec une force impressionnante.

« Maintenant, viens ! »

Au secours !

La Renarde lui jappa dessus, mais l'encapuchonné la chassa d'un coup de pied. Tale essaya de se libérer, de lui soulever les doigts ! Mais elle ne réussit qu'à s'écorcher sur une chevalière qu'il portait. Pire, il la désarçonna d'un coup sec, la bâillonna et commença à la traîner devant lui.

Lucretia et Aghiles crièrent son nom, ils se lancèrent à leur poursuite, mais le ravisseur était bien trop rapide. Il courrait vers la chaloupe à voile, entraînant Tale loin de chez elle, loin de ses amis, loin de son rêve.

Ça suffit !

Tale se débattit comme une enragée, elle frappa de toutes ses forces en tous sens, mais l'homme continua sa course, insensible à ses efforts.

« Tu n'arriveras pas à me faire lâcher, alors tiens-toi tranquille ! »

Non, non, non !

Elle plongea ses dents dans la main de son assaillant, qui couina de douleur, mais ne la lâcha pas pour autant. Tale contracta sa mâchoire, poussa plus fort. Elle sentit la chair se déchirer, le goût du sang se répandre dans sa bouche. Le sang d'un autre. Son ventre se retourna, mais elle persista.

« Sale garce » ! hurla l'homme.

Il chercha à lui cogner le crâne, le visage, mais Tale évita ses assauts en tirant sur le morceau de main qu'elle tenait entre les dents. Le vieux se cambra de douleur, sa capuche tomba, dévoilant un crâne chauve tatoué de vagues et de mailles. Mais c'est quand elle croisa son regard qu'elle reconnut le vieillard qui avait tenté de l'acheter la veille.

Sale monstre ! Je vais t'arracher la main, jamais tu m'emporteras !

Tale aperçut un éclair de rouge et de blanc jaillir du sol, La Renarde sauta à la gorge du vieil homme, qui lâcha prise pour se protéger.

Tale retomba sur ses pieds, en crachant tout ce qu'elle avait en bouche. Du sang lui dégoulinait de tout le menton.

Je vais t'arracher tout le reste !

Tale s'apprêta à bondir sur cette ordure, mais Aghiles s'interposa tandis que Lucretia passa ses bras autour de son cou pour la tirer en arrière.

« Tu vas payer pour ça, le vieux ! cria Aghiles.

— Tout va bien ? » lui demanda Lucretia à l'oreille.

Non, je vais le tuer !

Le vieillard se libéra du renard qu'il jeta au sol, et dégaina un couteau. Surpris par l'éclat de la lame sous la Lune, Aghiles recula jusqu'à plaquer son dos contre ses amies. La Renarde glissa jusqu'à lui, et trompeta de tout son saoul le vieillard. Malgré la rage qui l'animait, Tale lut la terreur dans les yeux de son ravisseur. Il ne chercha pas à donner l'assaut, au contraire, il se jeta dans son embarcation tout en sectionnant la corde qui le retenait au ponton.

Il s'éloigna avec une vitesse impressionnante, sous les insultes de Tale et ses amis.

« Qu'il ne revienne jamais ! hurla Tale. Ou je jure que je lui arracherai le reste de sa main.

— Il reviendra, dit Lucretia d'une voix lasse. Ce genre de fou revient toujours.

— Alors je serais là pour l'accueillir, assura Aghiles. Tu sais ce qu'il te voulait, Tale ? »

Pourquoi est-ce qu'il a voulu m'emmener ? Pourquoi est-ce qu'il pensait pouvoir m'acheter ?

« J'en sais rien, avoua Tale. Il a essayé de m'acheter à la mère hier. Juste avant que tout parte à vau-l'eau. »

Aghiles baissa les yeux. Un moment de silence passa avant qu'il ne releva sa tête et se détourna du bout du quai. Le bateau du vieillard avait complètement disparu dans les ténèbres de la nuit, loin à l'ouest.

« Il a fait tomber quelque chose », remarqua Lucretia.

L'Éolienne tendit une bague en argent à Tale, celle qui l'avait entaillée. Un anneau surmonté d'une petite plaque où était gravée une étrange croix.

Tale l'observa avec attention, intriguée par le motif. Lucretia lui déposa le bijou dans les mains. Aghiles s'approcha et jeta lui aussi un œil à l'objet.

J'ai l'impression de l'avoir déjà vue.

« C'est un blason de noble ça, dit-il. De l'Empire du Lyon. Ils utilisent des formes, des animaux et d'autres trucs du genre pour symboliser leurs familles. » Le garçon cracha au sol et plaqua ses poings sur ses hanches. « Bien fait pour lui, on pourra la revendre, sa bague à l'autre pourriture de nobliau. Mon père en a déjà refourgué des comme ça, ça vaut pas mal de pièces !

— Sauf que ce n'est pas le signet d'un noble, cette croix à trois branches, ce sont les armoiries du Paladinat. »

Cette vieille ordure serait un paladin ? Mais qu'est-ce qu'un chasseur de sorcière me voudrait ?

Aghiles fixa Lucretia, sûrement à la recherche de signes d'une plaisanterie. Tale les cherchait aussi, en vain.

« Ça nous dépasse tout ça, on ferait mieux de rentrer, ajouta Aghiles. On raconte que l'île aux sirènes porte malheur et je crois bien que tout ça vient de le confirmer. Au moins, on ne rentre pas les mains vides. Venez, je vous raccompagne. »

Et puis quoi encore ! C'est que des histoires pour faire peur aux enfants !

Aghiles passa un bras autour des épaules de Lucretia et proposa sa main à Tale. Elle la claqua au loin d'un coup sec.

« On avait dit qu'on voulait vivre une journée parfaite, rappela Tale. On va pas la laisser se terminer comme ça ! »

Elle essuya tout le sang qu'il restait sur son menton, et remarqua déjà les traces du vieux paladin prendre racine sur son poignet. De nouvelles traces pour tenir compagnie à toutes celles que son dos portait. Des cadeaux d'un autre homme qui pensait lui aussi faire ce qu'il voulait d'elle.

Je suis pas un ribaud de morceau de viande !

Lucretia se rapprocha d'elle en lui caressant avec délicatesse sa joue.

« Tale, il se fait tard. Je pense qu'Aghiles a raison. Il vaudrait mieux attendre demain et la lumière du jour.

— Non ! J'en peux plus de devoir vivre comme on me dit de le faire. On nous tape dessus, on nous crie dessus pour nous rendre aussi misérables qu'eux. Moi je dis qu'il suffit ! On a une carte, une barque, et les étoiles pour nous guider. On a un peu de bonheur qui nous attend de l'autre côté des vagues, et je devrais le laisser filer parce qu'un vieillard en aurait voulu autrement ? C'est moi qui tiens la barre de ma propre vie, pas cette ordure ! Je sais pas ce qui m'attendra demain, mais je sais que là, tout de suite, on a un plus grand trésor à trouver qu'une vieille bague moisie ! »

Lucretia rit de bon cœur. Aghiles soupira et haussa les épaules. Tale glissa la bague dans sa poche.

« Tu sais quoi ? dit Lucretia. Tu as raison, ça suffit de se laisser marcher dessus par tous ces demeurés !

— J'imagine que je ne pourrais pas te faire changer d'avis, se résigna Aghiles. On va donc vraiment se rendre en pleine nuit sur une île maudite par des sorcières, gui-dés par le ventre d'un renard ?

— T'es pas obligé de venir », remarqua Tale.

Même si je sais que tu viendras quand même.

— Et te laisser ma part du trésor ? Hors de questions ! »

Voilà.

Tale sourit de toutes ses dents et brandit son poing le plus haut possible. Cette sensation grisante lui apaisa son cœur meurtri. Elle chérit ce sentiment et ignora tous les autres.

Vite, elle avait besoin de monter à l'eau, de partir le plus loin possible d'ici. Peu lui importait de trouver un trésor, elle voulait juste oublier sa vie un moment sinon... elle devrait réaliser ce qu'il venait de lui arriver et elle avait suffisamment pleuré !

Elle dénoua le voile de la mère et le déroula au sol.

« Si on prend la mer, il nous faut un pavillon » ! expliqua-t-elle.

Ses amis s'approchèrent, et l'aidèrent en gardant tendu le tissu. Tale se servit du sang sur son bras pour dessiner une forme. Aghiles se gratta la tête.

« Qu'est ce que c'est censé être ?

— Ça se voit pas ? s'indigna Tale. C'est un crâne, et là, à la place d'un œil, c'est une rose qui se fane, et là, c'est les épines. »

Lucretia lâcha son bout de tissu et s'approcha à son tour en se grattant le menton. Elle s'inclina dans tout un tas d'angles improbables et termina son numéro en claquant des mains.

« Je confirme, ça ne se voit vraiment pas. »

Tale rugit de colère, et s'apaisa aussitôt devant les réactions hilares de ses amis. Elle acheva son ouvrage le cœur léger. Aghiles rapporta une rame cassée de l'entrepôt et s'en servit pour y nouer leur pavillon de fortune. Il l'installa ensuite sur la barque, en le calant contre un banc.

Tale défit la corde d'amarrage et rejoignit son ami en compagnie de Lucretia et de La Renarde. L'animal avança avec précautions sur l'embarcation vacillante, et finit par trouver sa place sur les genoux de l'Éolienne. Tale, elle, se régala de cette sensation de flottement. Elle s'imprégna de l'odeur iodée, du reflet des Lunes sur la surface qu'ils s'apprêtaient à fendre.

Aghiles s'empara d'une rame et tendit l'autre à Lucretia.

« Capitaine Tale Charan, dit-il avec gravité. Quel est le

cap ? »

Les mots d'Aghiles nouèrent la gorge de Tale.

Quel idiot ! Mais... merci.

Elle toussota avant de lui répondre.

« L'île aux sirènes, navigateur ! Que la *Rosépine* s'élance !

— Déa m'en garde », jura Lucretia. Elle plaqua presque son visage contre la truffe de La Renarde qui leva sa tête à sa rencontre. « Est-ce qu'on vient de rejoindre notre premier équipage pirate ? »

La bête bâilla et la barque s'avança, ne laissant que des rires dans son sillon.

7
TERRE EN VUE

Je me baladais dans les jardins quand cette paysanne a débulé des Lunes savent où ! Elle était pourchassée par deux hommes portant chacun la croix des paladins. Ils l'ont transpercé de leurs épées, de part en part ! Alors que la pauvresse tombait morte, un rire d'outre-tombe retentit. Je me suis cachée derrière les rhododendrons, mais je l'ai vue ! Une griffe a jailli du cadavre, et aussitôt, les paladins se sont acharnés à le tailler en pièce...

*Missive de dame Charlotte Branswick
à destination de dame Maribelle de Froipas, An 1083.*

Tale plissait ses yeux autant qu'elle pouvait, mais rien n'y faisait. L'île aux sirènes ne se révélait être qu'un petit morceau de terre perdu au milieu de la mer. Rien de plus que ce qu'elle voyait de l'autre côté de la plage depuis qu'elle était toute petite.

L'île ne devait son nom qu'au contour de ses rivages, qui laissait deviner une femme ailée. La légende de la sirène dévoreuse d'hommes ne se serait répandue que bien plus tard, lorsqu'une sorcière se serait installée sur l'île. Mais ça aussi, c'était une légende. Une très vieille légende.

Ce qui était sûr par contre, c'était qu'un trésor attendait Tale là bas, et déjà, il lui semblait qu'elle le récupérerait plus facilement que prévu : l'île n'était recouverte que d'arbres. Pas de montagnes, pas de collines. Seulement du sable et une forêt.

Il ne lui faudrait pas plus d'une journée pour en faire le tour complètement, mais Tale prendrait tout son temps. Sa première aventure ! Elle comptait bien en savourer chaque instant.

« Quel genre de trésor vous pensez qu'on va trouver ? demanda-t-elle. Un vieux coffre rempli de pièces d'or ?

— Plutôt une vieille... carcasse bien faisandée... à en juger... par la nature de notre carte », répliqua Aghiles, entrecoupé par sa respiration difficile.

Il maniait la rame sans discontinuer depuis au moins trois quarts d'heure, et s'il avait facilité son travail en trouvant un courant marin, il devait continuer de jouer des muscles pour maintenir le cap.

« Si je devais rêver à voix haute, intervint Lucretia, j'aimerais trouver un des trésors perdus de mon clan. Une pierre de dragon. »

La Renarde quitta les genoux de l'Éolienne pour aller renifler les mollets d'Aghiles. Lucretia en profita pour s'allonger sur les bancs et contempler les astres nocturnes.

« Une pierre de dragon, qu'est ce que c'est ? Une pierre précieuse ? s'enquit Tale.

— Un genre, je crois. Je ne l'ai jamais vue moi-même », avoua Lucretia.

Elle leva la main vers les cieux, et fit mine de saisir

quelque chose.

« Elle nous a été volée il y a longtemps, bien avant ma naissance. L'Ancienne dit qu'il s'agissait d'une très vieille pierre, aussi vieille que le monde lui-même, et qu'elle contenait un éclat sauvage de la nature.

— Ça devait être une très belle gemme, imagina à voix haute Tale.

— C'était un trésor... de votre patrie ? demanda Aghiles.

— Oui, l'un des rares que nous avions retrouvé. Puis un jour, un de ces maudits paladins a jugé bon de nous en priver.

— Les ordures » ! s'indigna Aghiles.

Lucretia haussa les épaules et s'attela à resserrer le tressage de ses cheveux d'argent pour les enrouler en chignon.

« C'est encore un mot bien trop gentil pour qualifier le fier paladin Rampsabe. Ce rapace n'est jamais retourné au sein de son Ordre et a gardé la pierre pour lui tout seul. Pour un Ordre qui tient l'honneur en aussi haute estime, ça vous donne une image du personnage. Depuis, chez nous, on invoque son nom comme on invoque celui du Croquemitaine pour calmer les enfants. Des générations entières d'Éoliens la haïront jusqu'à la fin des temps.

— Vous ne rigolez pas... avec la rancœur, souffla Aghiles.

— Moi je trouve pas ça suffisant, observa Tale. Il faudrait le retrouver pour se venger.

— C'est ce qu'on essaye de faire depuis tout ce temps, expliqua Lucretia. Enfin, plus pour retrouver la pierre que pour se venger, mais on ne cracherait pas sur une petite vengeance si l'occasion devait se présenter. »

Tale acquiesça et retourna à la contemplation de l'île

aux sirènes. Un îlot qui avait toujours été si proche, et pourtant, si inaccessible. Recelait-il vraiment encore un trésor ?

« Tale… au lieu… de regarder bêtement… l'île dans le noir… Tu ne voudrais pas… reprendre ma rame ? demanda Aghiles. J'ai mal… aux mains. »

Tale lui jeta un regard mi-noir, mi-amusé.

« Capitaine Charan… je voulais dire », se corrigea Aghiles.

Tale bomba le torse et opina du chef tout en réajustant son bandana.

« C'est vrai que ce n'est pas un travail de navigateur ! Seconde Lucretia, vous prenez le relais ?

— Ce n'est pas non plus un travail pour mes mains délicates. J'ai essayé, mais je n'arrive pas à nous faire aller droit. Demandez plutôt à notre vigie. »

Les yeux de Tale tombèrent sur La Renarde qui mordillait le manche d'une rame et resta accrochée le temps d'une poussée d'Aghiles. Dès que ses pattes touchèrent à nouveau le fond de la barque, elle lâcha prise et se réfugia dans les bras de Lucretia.

Tale réprima son envie de rire.

« Ça ne conviendra pas non plus à notre vigie, observa Tale. Faute de mieux, il va falloir continuer, navigateur ! »

Aghiles maugréa quelque chose que Tale balaya d'un revers de la main, et Lucretia, d'un éclat de rire. Il continua de souquer et l'île se rapprocha.

Tale fouilla dans leur sac et en extirpa une torche. Elle tâta le fond à la recherche de quoi l'allumer.

« Capitaine… vous ne songez… tout de même pas… à allumer ça ici… sur notre petite… bicoque en bois ? »

Ça risque quelque chose ?

Une intense chaleur lui monta aux joues.

« Bien sûr que non ! assura Tale. Je ne fais que me préparer pour le débarquement, on est bientôt arrivés.

— De toute façon, je ne crois pas qu'une petite étincelle flamberait notre fière *Rosépine*, ajouta Lucretia en tortillant ses cheveux.

— Mieux vaut prévenir... que guérir », conclut Aghiles.

Tale trouva enfin le silex et l'amadou et attendit sagement d'arriver à destination. La plage n'était plus très loin, une grande étendue de sable sur laquelle séchaient des algues charriées par la mer.

Aghiles sauta à l'eau, et confirma à ses amies qu'il avait pied. Il poussa la barque jusqu'à ce que Tale sentit la coque frotter contre le sable. La Renarde fut la seconde à quitter le navire, le contact de la vase contre ses coussinets dut la surprendre, car elle sursauta et fila vers le sec.

Tale et Lucretia descendirent à leur tour, et aidèrent Aghiles à tirer leur embarcation derrière les lignes d'algues. L'odeur des pins de la forêt se mêlait à l'iode de la mer, Tale les respira à pleins poumons. Elle alluma ensuite la torche pendant que Lucretia soulevait La Renarde et qu'Aghiles s'approchait de son ventre.

La bête restait étrangement calme face à cette flamme toute proche de lui. Elle n'était pas comme les autres renards que Tale avait pu apercevoir dans les champs, près du village. Il était plus gracieux, plus joli, mais surtout, plus expressif. Tale reconnut presque de la gêne dans son regard quand son ami suivit de son doigt les contours de sa fourrure.

« Bien ! annonça-t-il. Je crois pouvoir nous guider. On

va devoir s'enfoncer dans la forêt, évidemment. À peu près au centre, il y a les ruines d'une vieille cabane, abandonnée depuis... très longtemps. La croix de la carte n'en est pas loin.

— Tu connais affreusement bien l'endroit, remarqua Lucretia. Ce n'était pas sensé être une île maudite habitée par des sirènes sorcières ? Ou quelque chose comme ça ? Tu es déjà venu ici ? »

La mâchoire d'Aghiles se contracta, tout comme ses poings. Tout un tas d'émotions tempêta dans ses yeux. Il secoua la tête et soupira.

« Il y a très longtemps, répondit Aghiles. Je savais à peine marcher. Mon père a voulu mettre à l'essai mon courage, et m'a abandonné toute une nuit dans la cabane en ruines. Peut-être plus, je m'en souviens plus très bien. »

Le cœur de Tale se serra, toutes les miettes de doute qui subsistait sur leur amitié disparurent. Elle l'enlaça, Lucretia rejoignit leur étreinte.

Je comprends maintenant. Tu ne peux vraiment faire que ce que tu peux avec un fou pareil comme père. Si le Soleil le veut, on trouvera assez d'or pour quitter ce village et nos dégénérés de parents !

« Allez, allez, rouspéta Aghiles. Ça suffit, on ne trouvera pas de trésor en se faisant des papouilles sur la plage. En avant ! »

Tale rit de bon cœur et prit la tête de l'expédition, La Renarde à ses côtés. Elle illuminait le chemin de sa torche, en prenant soin de ne pas toucher aux arbres. Heureusement pour elle, les pins s'élevaient si haut que leurs épines restaient hors d'atteinte, seuls leurs troncs restaient problématiques.

Le trio marcha dans un silence relatif, attentif aux bruits de la forêt. Après tout, une bête sauvage pouvait très bien les pister silencieusement. Ou pire, la sirène sorcière rodait peut être encore sur l'île, à la recherche de jolis cœurs à dévorer. Mais Tale n'entendait que le vent, les vagues et les insectes. Ainsi que les chuchotements occasionnels de ses amis. Elle avait remarqué que leurs mains s'étaient glissées l'une dans l'autre, mais elle avait préféré l'ignorer.

S'ils veulent jouer les idiots, c'est leur affaire. Ils seront bien avancés quand il faudra courir pour fuir l'ours sorcière dévoreur de marins-sirènes. Comment ils feront pour courir vite, accrocher l'un à l'autre comme ça ? Hein ? De toute façon, c'est tant mieux, comme ça, le temps qu'ils se fassent bouffer, moi, je pourrais me tirer. Voilà ! Bien fait pour eux. Ça se voit qu'ils ont pas l'habitude de se faire suivre par des gens.

La Renarde se faufila entre les jambes de Tale et se frotta contre ses chevilles. Elle s'accroupit pour lui caresser l'oreille.

T'as raison, c'est pas le moment de penser à ça. Je suis en pleine aventure pirate, j'ai d'autres choses à penser.

Tale se releva, demanda à Aghiles de confirmer le chemin, et se remit en route.

Ils marchèrent ainsi jusqu'à ce que des murs de bois pourris recouverts de mousse les accueillirent.

Ils jetèrent un œil à l'intérieur du cabanon, où l'odeur de moisissure prenait le pas sur les effluves de pin. Il ne restait que des meubles éclatés par le temps et l'humidité, aucun trésor ne se cachait dans la poussière, la mousse ou les toiles d'araignée.

« Vous pensez que c'est ici que vivait la sorcière de la

légende ? demanda Tale. La maison est toute petite, il ne devait y avoir qu'une ou deux personnes qui habitaient ici.

— Je ne sais pas, déclara Lucretia d'une voix hésitante. Vous m'avez dit qu'elle aurait vécu ici à l'époque de la Sorcereine, c'est ça ? Ça voudrait dire que cette cabane serait vieille d'au moins six cents ans. Ça peut tenir debout aussi longtemps une cabane en bois ? »

Ça doit pas être ici. C'est trop normal. Pas d'autel pour sacrifier des bébés, ou de fioles avec plein d'ingrédients bizarres pour concocter des poisons. Pas de plumes non plus, si elle avait été une sirène, elle aurait laissé des plumes, non ?

« En tous cas, je me rappelle pas l'avoir rencontrée la dernière fois, dit Aghiles. Venez, le trésor ne doit plus être très loin. Encore un peu de marche. »

Ils se remirent en route et s'éloignèrent de la cabane. Les premières lueurs de l'aube illuminèrent les morceaux de ciel que Tale distinguait au travers des arbres, elle pressa le pas. Elle voulait trouver le trésor avant que le Soleil ne se lève complètement.

Vite, sinon la journée ne sera pas parfaite !

À mesure qu'ils s'approchèrent de l'emplacement supposé du trésor, les pins se raréfièrent et pointaient encore plus haut que ceux du reste de la forêt. Avec la venue du jour, une nouvelle vie s'éveilla dans la forêt : des oiseaux piaillaient d'une dizaine de façons différentes, du plus aigu au plus grave. Tale tendit les oreilles.

C'est pas un oiseau ça, c'est une grenouille ! Non, beaucoup de grenouilles !

Ils continuèrent d'avancer et Tale fut la première à l'apercevoir : une grande mare, au milieu d'un bosquet.

Elle courut à perdre haleine, ses amis sur les talons. Autour de l'étendue d'eau s'élevaient de hautes herbes coiffées de fleurs blanches, bleues et mauves. Un impressionnant saule pleureur cachait de ses lanières feuillues toute une partie de l'étang.

En son centre se dressait fièrement une petite bâtisse de pierres blanches. Cinq colonnes se faisaient face, formant un cercle, et supportaient un toit ouvragé représentant des motifs floraux et une singulière croix à deux branches. La construction semblait flotter sur l'eau, tout comme la volée de marches, taillée dans la même pierre, qui traversait toute l'étendue aqueuse.

Tale se retourna vers ses amis en brandissant haut son poing. Elle parla si vite qu'elle avala un mot sur deux.

« Je l'ai trouvée, c'est forcément ça la croix de la carte. Dépêchez-vous ! Le trésor est à nous ! »

Tale attendit l'arrivée de ses amis pour se délecter de leurs surprises, mais quand enfin ils la rattrapèrent, ce furent des sourcils haussés et des nez renfrognés qu'ils lui offrirent.

« Tale, je sais que tu es pressée de le trouver, mais je doute que le trésor soit caché ici. Quoique, je vois deux ou trois grenouilles, ce sont peut-être les gardiennes » ? plaisanta Aghiles.

Hein ?

Lucretia rit à la plaisanterie et se rapprocha de la rive, elle en observa chaque recoin, mais ne s'attarda ni sur les colonnes ni sur les marches.

« C'est magnifique ici, mais je suis du même avis qu'Aghiles. Qui irait cacher un trésor au fond d'une mare ? Quoique, en le disant tout haut, je me dis que justement. » Lucretia frappa des mains et pointa son index vers Aghiles, et lui dit tout en réprimant des éclats de rire : « Il faut que tu te déshabilles, que tu fouilles tout au fond de l'eau ! Par précaution. »

Les yeux d'Aghiles s'écarquillèrent et le rouge lui monta aux joues. Il fit non de la tête aussi rapidement qu'il le put.

« Mais vous ne voyez pas » ? s'étonna Tale.

Devant l'incrédulité de ses amis, elle s'avança jusqu'à la première marche.

« Là, dit-elle. Vous ne voyez pas la marche ni toutes les autres, qui mènent à cette espèce d'autel de pierre ? »

Lucretia et Aghiles se regardèrent, puis posèrent un regard inquiet sur Tale.

« Mais il y a rien du tout à part de l'eau, releva Aghiles.

— Tale, tu as de la fièvre ? s'inquiéta Lucretia. Quelque chose t'a piquée dans la forêt ? »

Mais c'est eux qui sont malades !

Tale fit rouler ses épaules, recula de quelques pas, et sauta sur la première marche, sous les cris de ses amis. Quand elle se retourna, triomphante, elle les trouva à terre, sur leurs fesses, leurs bouches grandes ouvertes.

Elle plaqua ses mains sur ses hanches, et leur demanda d'un air hautain.

« Alors, vous voyez maintenant ? »

Ils acquiescèrent en même temps, toujours abasourdis. Aghiles fut le premier à sortir de sa torpeur.

« Comment t'as fait ça ? T'as sauté et... tout s'est brisé. Les fleurs, l'herbe, l'arbre, la mare, et même toi. Tout a volé en éclats, et après, tout a changé ! »

Tale s'apprêta à répondre, mais quelque chose lui frôla les jambes. La Renarde fila à toute allure, sautant de marche en marche, jusqu'à atteindre les colonnes. L'animal s'assit sur la plate-forme, et plongea son regard vulpin dans le sien. Tale y reconnut une invitation. Elle sauta sur la seconde marche.

Lucretia se releva et s'élança à la suite de ses amies.

« Attendez-moi, cria-t-elle.

— Je n'arrive pas à croire ce qu'il vient de se passer », renchérit Aghiles.

Tale ne les écouta pas, elle continua son avancée, marche après marche, jusqu'à rejoindre La Renarde au milieu des colonnes.

Le sol était constitué de la même pierre que tout le reste, mais d'étranges symboles le recouvraient. Des formes qui ressemblaient à des lettres, mais en plus complexes, gravées en plusieurs cercles.

Dès que Tale posa le pied sur la plateforme, les symboles luisirent. Elle se protégea les yeux, la lumière devenant aveuglante.

« Tale, tout va bien ? héla Aghiles.

— Dépêche-toi, pressa Lucretia. On ne peut pas la laisser toute seule ! »

L'intensité de la lumière décrut, Tale osa regarder à travers ses doigts. Au milieu des cercles de lettres brillantes, un passage s'était ouvert. Un passage qui descendait dans des profondeurs insondables.

La main d'Aghiles se posa sur son épaule, et elle reconnut le souffle de Lucretia à ses côtés. Ils observaient, comme elle, l'abîme qui s'était ouvert devant eux. Tale passa un bras autour du cou de son ami et l'attira contre elle.

« C'est forcément un trésor de grande valeur ! » Elle le chahutait autant qu'il cherchait à se libérer. « On va devenir riches ! Je vais pouvoir m'acheter un bateau, devenir capitaine. Commander un vrai équipage ! Je vais enfin retrouver mon père !

— Tout doux Capitaine Tale, tempera Aghiles. » Il s'extirpa de l'étreinte forcée et étudia les symboles tout autour du passage. « Le sol, ça ne peut pas se mettre à briller comme ça. Tout cet endroit qui apparaît d'un coup ? Ça m'a tout l'air d'être de la sorcellerie. Sauf que toutes les sorcières ont été massacrées il y a des centaines d'années. Ça ne devrait pas être possible.

— À moins qu'il s'agisse d'un reste de leur magie ? » dit Lucretia. La Renarde se faufila jusqu'aux bras de l'Éolienne. « Comme ce qu'il reste de la cabane dans la forêt. Ça aussi, c'est peut-être une ruine ?

— Une ruine de sorcières, résuma Tale. De la vieille sorcellerie, comme du vieux bois. Si les meubles s'effondrent sous l'humidité et la moisissure, vous pensez pas que la magie, ça peut pourrir aussi ?

— Il n'y a qu'une seule façon de le savoir », répondit Lucretia.

Elle descendit les escaliers. Tale se dépêcha de la suivre. Son cœur battait à tout rompre. Elle pouvait tout affronter, elle effleurait déjà sa nouvelle vie du bout des doigts.

Quel genre de trésor pouvait laisser une antique sorcière ? Toutes les richesses qu'elle aurait volées à ses victimes ? Des objets magiques qui pourraient se revendre une fortune ? Tale avait déjà entendu une histoire sur ces artefacts, des objets capables de miracles qui auraient été forgés par les anciens géants ou par les filles de la Sorcereine. Il suffisait d'en trouver un pour rouler sur l'or toute sa vie.

« Vous êtes complètement folles » ! s'emporta Aghiles.

Il les suivait de près, sur ses gardes, la main sur le manche de son couteau.

« La magie, ça ne devrait plus exister. C'est dangereux.

— Ça ne peut pas être plus dangereux que tous les monstres qui habitent notre village, répondit Tale. Au moins, cette vieille magie n'essaye pas de m'enlever ou de me tabasser.

— Pour l'instant », corrigea Aghiles.

Ils continuèrent leur descente à la lueur de la torche. Tale caressa les murs blancs, étrangement tièdes. Tout ça n'avait décidément rien de naturel. Qui avait construit ce passage ? La sorcellerie était-elle capable de ce genre de miracles ?

Au bout de longues minutes, ils dépassèrent enfin la dernière marche. Ils pénétrèrent dans une pièce circulaire. Deux couloirs partaient de part et d'autre de la salle, mais ce qui attira l'attention de Tale, ce fut la statue qui reposait au centre.

Une femme de marbre à la poitrine nue, fièrement dressée, tenait gracieusement une lance dans une main, tandis qu'un crochet remplaçait l'autre. Un gigantesque bracelet, gravé de la même croix à deux branches qui figurait sur le toit de la bâtisse, masquait l'endroit où le bras avait dû être coupé. Une multitude de colliers et de pendentifs tombaient dans le creux de ses seins, et ses cheveux évoquaient des tiges au bout desquelles fleurissaient des pompons. Un pagne surmonté de tout un tas de breloques cachait à peine sa chute de reins.

Son visage dépeignait une attitude digne, avec ses sourcils arqués et ses lèvres closes. Ses traits appartenaient définitivement aux Yriens, le peuple du père de Tale.

Elle détailla la sculpture avec intérêt, approchant la torche pour en saisir les moindres détails.

Cette femme devait être libre de faire ses propres choix, et suffisamment forte pour les défendre à coups de lance.

« Vous ne trouvez pas qu'elle ressemble un peu à Tale ? demanda Lucretia. Regardez son visage, elles ont le même nez, la même bouche.

— N'importe quoi, rétorqua l'intéressée. C'est parce qu'elle est yrienne, et que moi, je le suis à moitié. C'est tout. »

Elle est une vraie beauté, alors que moi...

« Non, non, ajouta Aghiles. Lucretia a raison, il y a un air.

— Je vous dis que vous vous trompez ! Bon, on continue ?

— Vous avez vu la croix ? ignora Aghiles. Elle ressemble à celle des paladins, non ?

— C'est vrai, reconnut Lucretia. Elle a juste une branche de moins. »

Tale leva les yeux au ciel et quitta ses amis d'un pas exagérément lourd. Elle s'engouffra dans un des couloirs et fit la sourde oreille face aux protestations qui se levèrent, et persévéra.

De toute façon, c'est moi qui ai la torche.

Lucretia et Aghiles la rattrapèrent bien vite, juste à temps pour découvrir la nouvelle pièce.

À première vue, il aurait pu s'agir d'un débarras. Mais en regardant plus attentivement, les morceaux de métal qui dépassaient des tonneaux se révélèrent être de vieilles épées rouillées. Ils trouvèrent également des lances, des arcs et des flèches. Des armures aussi.

« Du matériel pour partir en guerre, observa Aghiles. La sorcière sirène a dû se battre ici, avec ses partisans, contre les armées de l'empire.

— Est-ce qu'on peut tirer un bon prix de tout ça ? » demanda Tale en grattant du bout de l'ongle un peu de rouille. « Ne prenez pas la peine de répondre, plus rien n'est utilisable ici.

— Je n'en suis pas si sûre, contredit Lucretia. » L'Éo-lienne se tenait devant une vieille étagère remplie de bouteilles poussiéreuses. Elle en frotta une de ses jupons et observa un liquide ambré danser à l'intérieur. « C'est peut-être du rhum ? » Le nuage de poussière la fit éter-nuer et elle reposa sa trouvaille.

La Renarde fila entre les jambes de Tale, jusqu'à un vieux coffre posé près d'une armure de cuir qui tombait en lambeaux. L'animal commença à griffer le bois. En se rapprochant, Tale remarqua l'état remarquable du coffre. Soit avait-il mieux résisté au passage des siècles, soit avait-il été amené ici il n'y a pas si longtemps. Elle vérifia le loquet.

Que Fleohan m'emporte ! C'est ouvert ! C'est le trésor ! Je l'ai trouvé !

Tale souleva le couvercle, ses amis se précipitèrent à ses côtés. Tale sourit jusqu'à s'en faire mal aux joues, tandis qu'Aghiles siffla de contentement. Lucretia invoqua le nom de sa déesse en riant.

De l'or.

Partout. Des pièces, des bijoux, des assiettes, des chandeliers. De l'or. Une nouvelle vie. La flamme de la torche faisait luire leur découverte d'un étrange éclat. Non, ce n'était pas la torche. La lueur provenait d'une pierre, à demi cachée par une coupe.

Tale la dégagea et l'examina d'un peu plus près. Elle ressemblait à un cristal de verre, contenant une flamme qui brûlait sans bruit. Elle remarqua également une tache brune sur la surface.

Prise de court, Tale lâcha le cristal qui retomba sur la masse de pièces.

« Du sang, bafouilla-t-elle. Il y a du sang séché sur la pierre !

— C'est ça qui te surprend ? ironisa Aghiles. Il y a du feu dans la pierre ! Du feu ! Lucretia, ça pourrait être la pierre que tu recherches ?

— Je l'ignore... » dit Lucretia en récupérant la pierre et en l'observant sous toutes ses coutures. « L'Ancienne nous l'aurait dit s'il y avait eu du feu à l'intérieur, non ? En tous cas, c'est très joli. »

Tale se désintéressa un instant du trésor, quelque chose de froid lui saisissait les tripes. Le contenu du coffre était immaculé, rutilant. Pourquoi le cristal y avait été jeté encore ensanglanté ? Elle agita la torche près du sol, et trouva d'autres taches brunâtres. Elle les caressa du bout des doigts. Du sang séché, depuis longtemps. Le nœud se resserra autour de ses entrailles. Tale releva la tête, des taches continuaient vers un autre couloir, alors que d'autres provenaient de celui qu'elle et ses amis venaient d'emprunter.

« Encore du sang. »

Lucretia et Aghiles reposèrent les objets qu'ils examinaient et s'intéressèrent aux taches que leur indiquait Tale. La Renarde aussi renifla la macabre piste.

« Quelqu'un de blessé est forcément passé par là », dit Lucretia. Elle frottait son menton de son index, et semblait jauger ses dires en même temps que les mots s'échappaient de ses lèvres. « Le coffre était ouvert, et pourtant, il a bien une serrure. Quelqu'un de blessé, de pressé, est descendu ici, et y aura jeter la pierre à la va-vite.

— Il se serait ensuite enfoncé plus en avant », continua Tale. Elle gonfla ses joues et se pinça les lèvres. « Sûrement à la recherche de quoi se soigner ?

— Quelqu'un saurait dire depuis combien de temps ce sang est là ? » demanda Aghiles en dégainant son couteau.

Mais qu'est-ce qu'il fait ?

« Aghiles, pourquoi tu sors ta lame ? »

La voix de Lucretia tremblait.

« Parce que je connais assez mon père et son équipage pour savoir que personne ne laisserait sortir vivant des gens qui ont vu ça. »

Lucretia recula sous le coup de la mise en garde à peine voilée. Tale assura sa prise sur sa torche. Elle pouvait toujours s'en servir comme d'un gourdin.

La voix de la mère lui revint en tête.

Tu vois, c'est ça un pirate. Ça tue sans se préoccuper des conséquences, parce que les conséquences, il les tuera aussi. Ça creuse son chemin dans le sang et dans la chair.

Sa gorge se noua tellement qu'elle eut du mal à avaler sa salive. Qu'est-ce qui l'effrayait le plus ? Tomber sur un pirate ou devenir elle-même une meurtrière pour se payer sa nouvelle vie ?

La Renarde se lança à la suite des traces de sang, Lucretia tenta de la retenir, mais l'animal fut plus rapide.

« Ta bête va tous nous faire tuer », murmura d'un air grinçant Aghiles.

L'Éolienne ne prit pas la peine de répondre, elle s'élança à sa poursuite, les mains en avant, en l'appelant à voix basse. Aghiles soupira et s'avança, prêt à en découdre, Tale sur ses talons. Les deux amis accélérèrent le pas quand ils entendirent Lucretia hoqueter de peur, et la virent basculer en arrière.

Aghiles s'interposa aussitôt entre Lucretia et ce qu'elle pointait d'un doigt tremblant.

Le cœur de Tale manqua un battement.

8

LE CHANT DE LA SIRÈNE

J'ai repéré un artefact du même métal que celui de mon objet de recherche sur les étals des marchés noirs. Le pirate qui le vendait a refusé ma première offre, mais a accepté ma seconde. Lorsque j'ai évoqué avec lui tous les trésors dont je disposais, ses yeux se sont illuminés à la mention de la vieille pierre des Éoliens. Qu'importe les biens matériels dont je dois me séparer si cela me permet d'avancer sur le chemin de la vérité ! Je suis sur le point de faire une découverte majeure, je le sens jusque dans les tréfonds de mon âme.

*Extrait du journal de Carlyle Rampsabe,
entrée de l'An 1077.*

La Renarde reniflait les restes d'une flaque de sang aux pieds d'un homme avachis sur une chaise, contre un bureau. Le manche d'un poignard dépassait de son dos, près du cœur. Il portait une tunique d'un bleu passé, déchirée, beaucoup trop large pour lui. Elle bâillait au niveau de sa nuque et laissait entrevoir sa clavicule, son épaule, le début de son bras. Blanc. Osseux.

Les yeux de Tale s'ouvrirent en grand, elle recula instinctivement.

Il y a plus de peau ! C'est de l'os ! De l'os à nu !

« Il est mort », confirma Aghiles. Il rangea son couteau dans son fourreau et aida Lucretia à se relever. Elle frissonnait encore.

Une peur viscérale se mut à l'orée des pensées de Tale : il ne fallait jamais déranger un mort. Mais sa curiosité avait depuis toujours été bien plus bruyante que sa prudence. Elle s'approcha, aussi silencieuse qu'elle le put, comme si le bruit pouvait faire se relever le squelette.

Le premier détail qui l'intrigua fut la dague logée dans le dos du cadavre. Le manche était bien plus travaillé que celui d'un banal couteau : le pommeau se terminait par une croix à trois branches sculptée dans de l'ivoire. Bien que fichée dans un homme qui avait eu le temps de se décomposer entièrement, l'arme restait en meilleure condition que toutes celles qui rouillaient plus loin, dans la salle au coffre.

Tale continua son inspection. Elle aperçut des vertèbres dépasser de la taille du pantalon usé, et remarqua également le blanc du crâne sous le cheveu gris, crépu et épars de l'homme. Elle redouta d'en voir plus.

À quoi ressemblait un visage délesté de toute vie ? Elle ne voulait pas le savoir, pourtant, elle s'approcha. Lucretia tenta de l'arrêter, mais une soudaine curiosité macabre s'était emparée de Tale.

Qui était cet homme ? Depuis combien de temps était-il mort ? À quoi ressemblait-il ? Que lui était-il arrivé ? Possédait-il une famille ? Avait-il laissé une femme, des enfants derrière lui ? Sans nouvelles ? Est-ce qu'une fille pleurait chaque soir après lui, se demandant pourquoi il avait disparu ?

Tale tremblait, comme une feuille. Elle se mordilla les joues pour s'obliger à se concentrer sur le moment présent, pour canaliser ses pensées. Pour se forcer à continuer de bouger. Elle tendit son cou, inspira une grande goulée d'air, et tourna la tête.

Le visage de la mort la contempla de ses orbites vides et de son sourire figé. La froide poigne qui tenait serrées ses entrailles lui sembla se changer en griffes incandescentes qui la lacérèrent, allumant un brasier qui oscillait entre le froid et le chaud. Des aiguilles s'abattirent sur tout son dos. Un râle de terreur s'échappa de sa gorge.

Elle ne maîtrisa plus que difficilement ses tremblements. Tale aurait voulu s'enfuir en courant, mais ses jambes lui désobéirent. Alors, elle continua de regarder. Elle chercha un nez où il ne restait que deux fentes, elle chercha des joues où il ne restait que de l'os, elle chercha des lèvres où il ne restait que des rangées de dents. Plus de cou, juste une colonne et un coquillage.

Un coquillage attaché au bout d'une cordelette.

Son brasier intérieur gela aussitôt. Elle s'écroula sur le sol, incapable de tenir debout plus longtemps. Elle manqua de se brûler avec la torche. Des étincelles dansèrent autour de ses yeux, autour du crâne du cadavre, autour du coquillage.

Papa ?

Tale convoqua tout ce qui lui restait d'énergie pour se relever, elle s'appuya avec difficulté sur le bureau. Des feuilles et d'autres objets glissèrent sous ses doigts. Des voix lui parvinrent, on criait son nom. Elle n'entendait plus vraiment le reste du monde.

Elle attrapa le coquillage. Des gouttes d'eau tombèrent dessus. Elle le retourna et l'approcha de la torche.

Son prénom était gravé en petites lettres maladroites.

Sa respiration cessa, sa gorge se déchira. Elle ne voyait plus rien, trop d'eau dans les yeux. Des bras se déployèrent autour d'elle, la tirèrent, la plaquèrent contre d'autres corps, chauds.

Des hurlements répétèrent « Papa ». Sans fin. Sa propre voix.

Les corps se pressèrent contre elle, lui chuchotèrent des paroles rassurantes. On la caressa. Elle sentit une langue contre son oreille.

Peu à peu, elle arriva à voir de nouveau, à discerner le pelage de La Renarde, le visage ravagé par les larmes de Lucretia, et celui d'Aghiles, empreint d'une tristesse insondable. Ils la serraient contre eux, ils pleuraient avec elle.

Ils avaient compris.

Elle avait compris

Tale resta dans leur étreinte. Elle profita de leur chaleur, et essaya d'y trouver la force de se relever, de respirer à nouveau. La force d'affronter sa mort.

Papa, depuis combien de temps t'es là ? Depuis combien de temps t'es tout seul ?

Le coin de ses yeux la brûlait, mais les larmes continuèrent à poindre. Tant mieux. Elle savoura cette souffrance et l'offrit à son père qu'elle avait abandonné.

Mon pauvre Papa, j'aurais dû partir te chercher tout de suite. J'aurais pas dû écouter la mère, je savais, au fond. Je le savais que tu ne pouvais pas être parti sans moi. Est-ce que j'aurais pu te retrouver avant qu'il soit trop tard ?

Tale observa la pièce, à la recherche d'indices. Un lit de fortune reposait dans un coin, une bibliothèque dans un autre où l'on devinait des volumes reliés à la couverture de cuir. Sur le bureau, elle voyait dépasser du matériel d'écriture. Elle vit la main squelettique de Papa tenir encore les restes d'une plume, et sous cette dernière, une feuille presque vierge.

Elle se releva difficilement, aidée de ses amis. Lucretia l'embrassa et lui assura que tout irait bien, Aghiles, lui, s'excusa.

Comme si tu pouvais y faire quelque chose.

Tale tira doucement sur la feuille de vélin, l'amena à elle, sans toucher à la main de son père. Seuls quelques mots y étaient inscrits d'un trait tremblant. L'écriture d'un mourant. Les derniers mots de Papa. Elle n'arriva pas à les lire, sa gorge interdisait à ses cordes vocales la moindre action.

Lucretia s'empara avec précaution du parchemin. Elle toussota, Tale entendit la lutte contre les larmes dans sa voix :

« Tale, je t'aime. »

Lucretia émit un son, entre le soupir et le hoquet, déposa la feuille sur le bureau, et enlaça à nouveau son amie. Tale lui rendit son étreinte comme elle aurait aimé câliner son père s'il avait encore été vivant, si de la chair recouvrait encore ses os.

Moi aussi Papa. Je suis désolée, tellement désolée.

Elle se maudit de ne pas oser le toucher, de le réchauffer d'une caresse pour chasser toute la solitude qui avait dû lui peser. Mais il lui faisait peur, il la dégoûtait. Elle se dégoûta elle-même de ressentir ça. Elle aurait voulu se complaire dans cette douleur, s'y jeter à corps perdu, s'y plonger pour ne remonter que lorsque le souffle lui manquerait. Mais un bruit grinçant l'obligea à barricader son cœur.

Depuis les ténèbres d'un couloir inexploré résonna l'horrible son d'ongles se brisant contre de la roche. À toute vitesse. Des rires s'y joignirent, amplifiant la macabre cacophonie d'une centaine de voix différentes. Des rires fous. Des femmes, des hommes, des enfants, des vieillards. Tous riaient tels des damnés.

Tale se raidit et frissonna. L'air se glaça autour d'elle. Lucretia brisa leur étreinte, Aghiles dégaina son couteau. Ils tremblaient eux aussi.

« Non, pas ça », bafouilla Lucretia.

Tale serra la torche aussi fort qu'elle le pût, jusqu'à s'en faire blanchir les phalanges. Pour réveiller ses bras, pour se donner du courage. La Renarde se tenait droite à ses pieds, prête à bondir.

« Courrez » ! hurla Lucretia.

Les rires vrillèrent les tympans de Tale, une brise fétide lui fouetta le visage, des plumes sombres glissèrent contre ses joues.

Une femme ailée se tenait arquée à l'orée de la lumière, ses mains griffues encore plongées dans la pierre. Elle était gigantesque : son dos frottait le plafond, qui s'élevait pourtant à au moins trois mètres de haut. Ses trois paires d'ailes cabossées traînaient derrière elle. Elle ne portait pas de vêtements, des plumes noires poussaient partout sur sa peau jaunâtre. Ses yeux de topaze tombèrent sur Tale et ses amis.

La sirène !

Une centaine de voix tonna à nouveau, s'échappant de la bouche de la créature. Elle gémit de plaisir, une langue démesurée passa sur ses lèvres. Elle s'appuya sur les serres qui pointaient du bout de ses jambes, là où auraient dû se trouver ses pieds.

Lucretia tenta de traîner Tale en arrière, mais Aghiles levait déjà son couteau devant elles. Tale refusa de bouger.

J'abandonnerai plus personne !

La sirène sauta en avant.

Elle se saisit de la tête d'Aghiles en une fraction de seconde. Tale aperçut une de ses griffes traverser le visage de son ami, lui ouvrant les chairs de sa joue à son crâne et éclatant son œil.

Il hurla de douleur.

« FUYEZ ! »

Sous le choc, Tale se laissa emporter par Lucretia. À mesure qu'elles coururent, à mesure que Tale emporta la lumière avec elle, l'image de la sirène et d'Aghiles s'estompa.

Non ! J'ai dit plus personne, surtout pas mon seul ami !

Elle enfonça ses talons dans le sol, stoppant net leur course. Le rire fou de la sirène retentit à nouveau, tout comme ses ongles râpant la pierre à toute vitesse. Elle sentit la fourrure de La Renarde la frôler.

« Tale, je t'en conjure ! implora Lucretia. Cette chose va nous tuer ! On doit courir.

— On peut pas laisser Aghiles mourir pour nous ! »

Tale sonda la pièce dans laquelle elles s'étaient retranchées, à la recherche de quelque chose qui puisse l'aider. Son regard balaya le coffre, les armes usées, les armures, les bouteilles. Les bouteilles !

Elle se remémora la discussion de ce matin, du plat que préparait Lisette, des fruits qu'elle avait flambés au rhum ! Elle se saisit d'une des bouteilles en priant que Lucretia ne s'était pas trompée sur leur contenu.

La sirène jaillit à nouveau des ténèbres, elle tenait toujours fermement Aghiles par la tête dans une de ses mains. Une cascade de sang s'écoulait de son visage. Il ressemblait à une poupée de chiffons suspendue aux griffes d'un chat cruel.

« AGHILES ! »

Le garçon s'anima à nouveau et resserra son emprise sur son couteau, il battit l'air de quelques coups avant de réussir à le planter. La créature émit un son qui exprima plus de l'agacement que de la douleur, et pivota sur elle même, en emportant dans le même mouvement Aghiles, qu'elle fracassa contre le mur.

Lucretia cria son désespoir. Le couteau glissa de la main inanimée d'Aghiles et tomba sur le sol. La sirène leva haut son autre griffe, prête à transpercer la poitrine du jeune garçon.

Tale rugit de colère, attrapa la bouteille par le goulot et la brisa contre la jambe de la femme ailée. Le liquide brun qu'elle contenait se répandit sur les plumes noires de la créature.

La tête de la sirène pivota sur elle même, dans une sordide parodie de chouette. Elle lâcha Aghiles en se retournant.

Tale brandit sa torche, avec le fol espoir de plonger dans les flammes ce maudit monstre. Un nouveau rire effréné, porté par une myriade de voix, retentit.

Des plumes virevoltèrent tout autour de Tale.

Quelque chose tomba au sol, et la lumière changea, projetant les ombres différemment.

Aghiles convulsa sur la pierre blanche tachée de son sang, Lucretia courût vers lui et se jeta au sol pour y ramasser le couteau. La Renarde, elle, observait Tale, la gueule grande ouverte, les yeux exorbités.

La sirène se relevait derrière elle. Tale se retourna, et la vit porter un bras ensanglanté à la bouche. La mâchoire de la femme ailée se débloqua à la manière d'un serpent et elle engloutit le membre tout entier.

Tale tomba de tout son long, terrassée par une vive et intense douleur. Elle chercha à se rattraper, mais elle glissa sur quelque chose de poisseux. Elle n'arriva pas à se relever. L'un de ses bras ne lui répondait plus. La sirène le lui avait-elle brisé ? Le rire d'outre-tombe se leva à nouveau, mais il lui sembla moins puissant.

La sirène marcha vers elle, sa langue frétillait autour de son sourire sardonique. La torche devait s'éteindre, car la lumière s'estompait.

Je suis en train de mourir ?

Lucretia et La Renarde coupèrent la route à la créature. Une lumière rosée, semblable à un coucher de Soleil, émana du crâne de l'Éolienne.

« Maintenant ! » ordonna une voix suave que Tale n'arriva pas à reconnaître.

La sirène se figea un instant, sa tête s'inclina dans un angle improbable. Elle fixa Lucretia et La Renarde d'un œil intrigué. L'Éolienne, qui tenait fermement le couteau d'Aghiles dans ses mains, poussa un souffle et se poignarda l'œil avec.

Tale voulut lui crier d'arrêter, qu'il lui valait mieux s'enfuir et essayer de survivre plutôt que de se tuer avec elle et Aghiles. Mais la force lui manqua.

Lucretia se poignarda l'autre œil.

La sirène hurla et se lamenta de toutes ses voix. Elle se cogna dans les murs tout en essayant d'extirper quelque chose de son visage. Ses deux yeux avaient été percés.

« Tale, la torche ! » hurla Lucretia d'une voix affaiblie.

Papa, attends-moi encore un peu. Je dois pas les abandonner, ni Lucretia, ni Aghiles. Personne !

En quelques secondes, Tale retrouva la torche et sa flamme moribonde. Elle tenta à nouveau de se relever, sans succès. Elle bascula sur elle même et avança sur ses genoux, chacun de ses gestes ajouta de nouvelles flammèches autour de ses yeux.

Les milliers de voix de la sirène gémirent de douleur. Lucretia aussi.

Vite, vite !

Du bout des doigts, elle se saisit de la torche, et se retourna enfin. La sirène se ruait vers son amie qui continuait de se poignarder, la gorge cette fois. Encore, encore, et encore. La gorge de la sirène se déchirait elle aussi, mais ne ralentissait pas pour autant sa course.

Papa, le Soleil, aidez-moi !

Tale jeta la torche de toutes ses forces et s'écroula. Les flammes embrassèrent les jambes de la créature et embrasèrent aussitôt toutes ses plumes. La sirène se jeta contre un mur, se roula au sol, mais la pierre blanche ne lui offrit aucun moyen d'étouffer les flammes.

Elle se releva, griffa l'air de ses serres. Sa légion de voix se brisa sous ses pleurs et sous sa douleur. La femme ailée se consuma, et quand il ne resta plus qu'assez de lumière pour ne distinguer que vaguement les évènements, sa colossale silhouette s'effondra.

Lucretia accourut aux côtés de Tale.

Ton visage n'a rien, loué soit le Soleil.

Les yeux de Lucretia, d'habitude si rieurs, ne reflétèrent que gravité. Le diadème qu'elle portait au front était tombé, révélant un cristal rose ancré dans son front.

Tale sourit, le cristal lui rappela Papa. Il en portait un identique à l'oreille. Elle voulut le toucher, mais ses forces lui manquaient.

« Je suis désolée Tale, implora Lucretia. Ça ne devait pas se passer comme ça.

— Aghiles ?

— Il survivra. Tiens bon ! »

Lucretia s'affaira à examiner le bras de Tale, les larmes aux yeux. Elle, elle ne ressentait déjà plus rien.

Du sang macula peu à peu Lucretia et ses cheveux d'argent. Tale convoqua toute la force qui lui resta pour lui caresser la joue, pour lui chasser tout ce rouge de son visage si parfait. Elle ne fit qu'en étaler plus encore.

« On est... amies, n'est-ce pas ?

— Bien sûr ! » se lamenta Lucretia.

Je suis contente de t'avoir eu comme deuxième amie. Une fille comme toi, qui s'est intéressée à une fille comme moi.

« Oh, pardonne-moi Tale ! Tout est de ma faute.

— Non... grâce à toi, j'ai réalisé mon rêve. J'ai commandé un équipage, vogué à bord d'un navire et retrouvé mon père. C'est pas rien. »

L'Éolienne acquiesça en ricanant, en sanglotant.

« Ramène... Mon Papa. »

Ramène-le au village et enterre-le avec moi. Pour qu'on ne soit jamais plus tout seul.

La chaleur des mains de Lucretia s'effaça. Son sourire, ses pleurs disparurent jusqu'à ce qu'il ne resta plus rien.

9
LA RESCAPÉE

Fleohan, la malicieuse, tient en horreur l'ennui. Elle cherchera toujours à rire, et les plaisanteries de la Libre Lune impliquent toujours quelques mésaventures pour nous autres, pauvres mortels. Alors, priez. Priez pour qu'elle choisisse quelqu'un d'autre que vous pour sa chute.

Prêche du Guide Lum, du village de Sadsande.

L'écume sur sa peau, une odeur fauve dans le nez. Des pleurs. Le froid. Une touche de chaleur sur la joue. Humide.

Tale ouvrit un œil.

Des poils roux, des poils blancs, un regard animal.

« Tu dois tenir bon », murmura La Renarde.

Son œil se ferma aussitôt. Sa conscience s'étiolait, mais elle s'y agrippa. Elle ne devait pas tomber à nouveau dans le rien, pas tout de suite. D'autres sons lui parvinrent : le tonnerre, des rames raclant le bois et frappant l'eau. Des reproches.

« Tu aurais dû me dire qu'un Vestige nous attendrait là

"

bas, regardes dans quel état ils sont !

— Je t'ai tout appris sur la nature de son père. C'est ce qui arrive quand un sorcier meurt, il relâche son Vestige. Ne me blâme pas pour tes propres lacunes.

— Mais je m'en fiche bien de te blâmer ! Ils ont failli mourir, tous les deux, par ma faute ! Ce ne sont encore que des enfants !

— Ces terres cruelles sont aveugles à l'âge de ceux qui marchent sur elles, tu es la mieux placée pour le savoir. Maintenant, arrête avec tes simagrées inutiles, chuchoteuse. Ils vivront, et nous, nous avons la pierre de dragon. Tout se déroule comme prévu.

— Je ne voulais pas que ça se termine comme ça. Tale, Aghiles... Ils méritaient mieux.

— Le monde entier mérite mieux, rétorqua La Renarde. Le pire, c'est tout ce qu'il nous reste. »

Les sons s'effacèrent, le rien rattrapa Tale et l'enveloppa toute entière.

La brume l'avait envahie. Tale cherchait le fil de sa pensée, sans cesse. Lorsqu'elle pensait l'avoir trouvé, elle s'en saisissait, le ramenait près de son cœur... mais il s'évanouissait aussitôt. Alors, elle attendait de le retrouver à nouveau. Elle sentait que quelque chose de très important s'était déroulé, mais il lui était impossible de s'en souvenir. Peu lui importait. Elle n'en tirait aucune amertume, aucune peine. À vrai dire, elle ne ressentait plus grand-chose. Uniquement l'ivresse de la brume.

Combien de jours se sont écoulés depuis ? Depuis quoi, déjà ? Depuis quand ?

Peu à peu, le brouillard commença à se dissiper. Elle se souvint de son corps. Elle étira ses orteils, remua légèrement ses jambes. Une couverture pesait lourd contre elle.

Tale tenta d'ouvrir les yeux, mais ses paupières restèrent collées. Elle voulut bouger les bras, mais une terrible fatigue lui interdit tout autre effort. Elle frémit. Elle réussit tout de même à bouger un doigt, mais de son autre main, elle ne gagna que des frissons.

La fraîcheur d'un linge humide qu'on passa sur son front la ravit, Tale ne comprit qu'à l'instant à quel point elle avait chaud. Tellement chaud.

Le bruit d'une porte qu'on ouvrit puis ferma résonna dans sa tête, tout comme les pas qui suivirent, ainsi que les mots que l'on prononça à voix basse.

« Alors, comment se porte-t-elle ? »

La voix de la mère, étrangement douce. Compatissante. Des années que Tale ne l'avait pas entendue s'exprimer ainsi.

« Combien de jours lui reste-t-il ? demanda la mère.

— J'ai bien l'impression que le Soleil bienveillant, Leoht dans sa grande mansuétude, a entendu vos prières Harleen. »

Tale entendit presque le sourire du vieux guide du village. Lorsqu'il n'était pas occupé avec les messes des Astres, il se rendait chez les habitants pour soulager leurs maux. On venait même de villages voisins pour profiter de ses talents de guérisseur.

Je suis malade ? Qu'est ce qu'il m'arrive ?

« Votre fille a vaincu l'infection. La fièvre chute. Elle

aura encore du chemin à parcourir, surtout pour approprier son nouvel état. Mais elle survivra, n'est-ce pas merveilleux ? »

On traîna une chaise pour s'y asseoir, un long silence s'installa. Des petits chocs, à répétition, rebondirent contre les tempes de Tale. La mère claquait ses ongles, comme à son habitude quand la contrariété la gagnait.

« Mon Guide, avec tout le respect que je vous dois, que savez-vous de mes prières ? Pensez-vous réellement que je demanderais au Soleil de s'acharner à sauver ma fille dans cet état ? C'est à Enthrall que j'adresse mes suppliques. C'est à la Lune Entravée que je demande d'abréger les souffrances de mon enfant. »

Abréger quoi ?

Le prêtre se racla la gorge, de l'eau coula quelque part.

« Et bien, vous pouvez maintenant les adresser à Leoht. Votre fille aura besoin de toute l'aide possible.

— C'est bien ça le problème ! Qui va me l'octroyer, cet aide ? Vous ? L'Église ? Non, personne ! J'avais un plan, on aurait pu s'en sortir, Tale et moi. Sortir de cette misère. Mais c'est fini maintenant. Qui voudra d'elle ? Personne. Absolument personne. Ce n'est plus qu'un poids, pour elle-même, pour moi. Quelle vie l'attend ? Celle d'une mendiante, d'une rampe-la-boue ? Ce n'est pas une vie ! Mieux vaut qu'elle parte, mieux vaut qu'elle rejoigne son père.

— Harleen, vous ne pensez pas ce que vous dites. Vous êtes sous le choc. C'est terrible de perdre un bras, mais rien n'est insurmontable pour qui adresse ses prières aux Astres. »

La mère me veut morte ? Perdre un bras ?

Tale lutta, ses paupières se descellèrent. Ses cils la chatouillèrent et l'image rassurante de sa chambre se forma devant ses yeux hagards.

La mère pleurait dans les bras du vieux guide, un linge dégoulinait sur le bord d'une bassine toute proche de son lit.

Elle renifla l'odeur de ses draps, mais ne reconnut pas celle de son sommeil. Ça sentait les onguents. Quelqu'un avait été blessé, et avait été traité ici, dans ce lit.

Les souvenirs remontèrent à la surface : Lucretia, la fête, la barque, le vieux fou, la traversée, l'île, La Renarde, le trésor, Aghiles, Papa, la sirène.

Tale avala difficilement sa salive. Elle se concentra, et leva un bras. Il bougea. Elle sourit. Elle essaya l'autre.

Rien.

Des sueurs froides l'assaillirent. Elle empoigna la couverture, et, déjà essoufflée, elle tira de toutes ses forces.

La couverture tomba sur le sol, la chaise grinça. Quelqu'un se leva. Tale cria.

Là, au bout de son épaule, au bout de ce bandage blanc, il n'y avait plus rien. Un éclair de douleur la foudroya. Il lui sembla qu'on lui déchirait le bras. Elle voulut s'en saisir, mais ne brassa que de l'air. Elle tenta de retirer le bandage, beaucoup trop serré. Derrière la gaze, elle trouverait son bras. Il était caché, voilà tout. Elle devait juste défaire le pansement et la souffrance s'arrêterait.

« Retenez-la ! Il est encore trop tôt pour qu'elle se réveille. »

Quelqu'un attrapa son poignet et Tale rugit tel un animal acculé. Elle essaya de frapper, de mordre, de se tordre, mais tout ce qu'elle réussit à faire, c'est trembler.

On lui pinça le nez, on lui fourra un goulot dans la gorge. Du liquide se déversa en elle.

Les sons, les images, la douleur, les émotions se levèrent.

Comment ces marauds osent-ils te traiter de la sorte ? Te restreindre ainsi, sans délicatesse. Je les ferais écarteler si j'avais mon mot à dire.

Qui ?

Chut, ma petite reine. Ne lutte pas contre leur drogue, laisse-toi aller et regagne tes forces. L'heure de la vengeance sonnera bien assez tôt.

De nouveau, la brume s'installa.

Le cri des mouettes emplit les oreilles de Tale. Une brise légère lui caressa le visage, l'odeur d'un bouillon de volaille lui chatouilla les narines. Elle ouvrit les yeux, découvrit Lisette qui s'assit près d'elle, un bol et une cuiller en main. La jeune catin lui sourit, Tale se surprit à le lui rendre. Elle essaya de se redresser, mais tomba sur le côté lorsque le bras qui aurait dû la soutenir lui fit défaut.

Lisette posa à la hâte le bol au sol, et aida Tale à s'asseoir dans son lit. Pas de remerciements. Tale observa le vide qui remplaçait son membre, et pleura. La porte se referma, ses pleurs s'intensifièrent.

Mais quelle pleurnicharde tu fais !

Elle sursauta, chercha du regard quelqu'un. Personne. Elle tenta de se calmer pour tendre l'oreille. La voix lui semblait familière, une voix féminine, mais grave, presque râpeuse. Oui, elle l'avait déjà entendue plus tôt. Quand le guide lui fit avaler cette horrible mixture la première fois ! Quand était-ce ? Depuis combien de temps se tenait-elle allongée dans son lit ?

Moi qui te prenais pour une reine, te voilà à te lamenter pour la perte d'un tout petit bras ? Il t'en reste un autre, va !

Tale voulut se toucher l'oreille, mais seul un moignon enrubanné se leva. Elle usa de son autre main, formant une demi-coupe pour protéger son ouïe des bruits parasites, pour se concentrer sur la voix. D'où venait-elle ? Qui osait se moquer d'elle ? Farrah ou un autre gamin du village l'insultaient-ils depuis la fenêtre ? Non, impossible. Sa chambre se trouvait à l'étage, leur voix ne pourrait pas porter ainsi d'aussi bas.

Quelle idiote tu fais à me chercher ainsi !

Tale cogna son poing contre la tête de son lit, et compara le son avec ce qu'elle venait d'entendre. Non. La voix venait de sa tête, de ses pensées. Tale se cacha sous sa couverture. Devenait-elle folle ?

Je suis loin, beaucoup trop loin pour que tu puisses me trouver.

Qui êtes-vous ?

Un Vestige. Et toi, qui es-tu ? Une gamine éplorée, ou une fière pirate ?

Les mots firent mouche. Tale se rappela s'être déjà réveillée, beaucoup de fois. La douleur de son bras fantôme la lançait, elle pleurait, elle buvait la potion et accueillait la brume. Tale s'accrochait de toutes ses forces à ce brouillard qui l'empêchait de comprendre. Elle avait perdu son bras. Elle avait perdu Papa...

Elle ne répondit pas à la voix. Tale s'interdit de sombrer dans la folie. Elle l'ignora, mais accepta sa leçon. La gamine qu'elle était avait suffisamment pleuré, suffisamment fuie. Papa était mort. Jamais plus il ne la ferait virevolter dans les airs. Jamais plus elle ne se sentirait en sécurité dans ses bras. Elle ne le trouverait pas de l'autre côté de la mer, dans un pays lointain. Elle ne servirait jamais sous son commandement, il ne lui apprendrait jamais ses secrets de pirate.

Des rêves creux. Des rêves morts.

Tale devait faire face à la réalité maintenant, et cela commençait par enterrer Papa pour qu'Enthrall accueille enfin son âme. Lucretia avait dû prévenir la mère, peut-être même qu'elle préparait déjà la cérémonie ?

Tale émergea de ses couvertures et contempla le plafond de sa chambre. Lucretia, l'île, la sirène. Tout lui revint en tête. Comment son amie avait-elle réussi à percer les yeux de ce monstre ? Toute cette lumière, ces blessures que Lucretia s'infligeait, mais qui déchiraient les chairs de la sirène… De la sorcellerie, de la magie ? Sûrement.

Son renard avait parlé avec une voix humaine. Elle s'en souvenait maintenant ! Les animaux normaux ne parlent pas ! Alors, Lucretia était une sorcière ? Mais elles étaient censées être d'horribles femmes, prêtes à brûler des villages entiers pour leurs propres plaisirs. Tout l'inverse de Lucretia.

De toute façon, elles ont disparu il y a des siècles ! C'est Aghiles qui l'a dit. Comment va-t-il d'ailleurs ? Son œil !

Tale essaya de se relever, et se rendit compte de l'état de faiblesse dans lequel elle se trouvait. Chaque mouvement lui demanda un effort conscient, et quand enfin elle réussit à se tenir sur ses jambes, elle manqua de retomber sur son lit. Elle se rattrapa de justesse à son bureau de sa main valide, alors qu'elle fouetta l'air de son autre morceau de bras.

Je dois perdre cette habitude.

Elle se mordit l'intérieur des joues pour bloquer ses larmes.

Sa tunique lui sembla beaucoup trop grande pour elle, il lui suffisait de baisser la tête pour voir saillir ses clavicules. Elle avait maigri. Beaucoup. Elle marcha jusqu'à son armoire et y trouva le carré de tissu bleu de la vieille Éolienne, lavé et plié. Sur la soie reposait un coquillage fixé à une cordelette, ainsi que l'anneau du paladin.

Le cœur de Tale se serra. Elle s'empara du coquillage, le pressa contre sa joue, l'embrassa, et le passa autour de son cou. Le coquillage dévala sa poitrine jusqu'à son cœur. Elle regarda la bague.

Peut-être que maintenant, ce vieux fou me laissera tranquille. Même lui ne voudrait pas d'une éclopée.

Tale détailla les contours de la croix à trois branches, admira la finesse de l'ouvrage. Une étrange sensation de déjà-vu enveloppa ses pensées. Pourtant, il ne lui sembla pas avoir jamais posé ses yeux sur pareils bijoux de toute sa vie, enfin, jusqu'à la découverte du coffre dans les ruines de l'île.

Le trésor ! Il reste encore le trésor ! Même si je suis plus bonne à rien, il y avait assez d'or pour m'assurer un avenir !

Tale glissa l'anneau dans la poche de sa tunique, se saisit du foulard éolien. Elle drapa ses épaules de soie, et s'acharna à la nouer d'une seule main. Les derniers souvenirs de fête tirèrent un sourire amer à Tale.

La journée parfaite… La Libre Lune s'est bien moquée de moi.

La porte s'ouvrit à nouveau, petit à petit. Un jeune homme aux cheveux roux se glissa à l'intérieur de la chambre, en catimini. Aghiles sursauta, la bouche grande ouverte, quand il la remarqua debout. Il se jeta sur elle, et passa ses mains autour se taille, la pressant contre lui.

« Tu es debout ! Le Soleil soit loué ! »

Tale passa son bras autour du dos de son ami et le serra aussi fort qu'elle le put. Il dut y voir un signe de douleur, car il brisa aussitôt leur étreinte en s'excusant. Elle ne releva pas ses dires, son regard se posa sur lui, sur le cache-œil qui recouvrait son œil droit, sur l'imposante balafre qui creusait sa joue et son front.

« Ton œil », bafouilla Tale en effleurant les liens de cuir. « Ton visage. »

— On a tous les deux perdu quelque chose », lui répondit-il en caressant son épaule esseulée.

Tale acquiesça, et Aghiles finit de nouer le foulard. Il l'aida ensuite à s'asseoir sur le lit et l'y rejoignit.

Un silence s'installa. L'expression de son ami l'inquiéta. Jamais elle n'avait vu Aghiles aussi mal à l'aise. Il cherchait ses mots, jamais il ne cherchait ses mots avec elle.

« Qu'est ce qu'il t'arrive ? On a vécu les pires horreurs, et pourtant, pas une fois je t'ai senti perdu comme tu l'es là, devant moi. »

Non, c'est faux. Ce soir-là, sous les Lunes et les étoiles, quand il m'a demandé pardon. Il tremblait comme maintenant.

Les traits d'Aghiles se tendirent, il ouvrit la bouche, puis la referma. Il changea de position, redressa son dos, inspira une grande goulée d'air. Il attrapa la main de Tale et la coinça entre ses paumes.

« Je suis heureux de te trouver réveillée, mais du coup, c'est plus difficile à faire que ce que je m'étais imaginé. Je suis venu te dire adieu. »

Tale dégagea sa main, fronça les sourcils.

« Comment ça ? »

Aghiles baissa les yeux, croisa ses bras.

« Mon père veut se lancer à l'assaut de la mer des Barbes, toute entière, du sud de la Fédération jusqu'à l'Archipel. Il a… offert une nouvelle jeunesse à la *Larme de Fond*. On dirait un navire flambant neuf maintenant.

— Si vite ? s'étonna Tale. Avec quel argent ?

— Ça fait près d'un mois que tu dors. »

Tale ferma les yeux, s'adossa contre la tête de son lit. Le coquillage autour de son cou claqua contre une de ses clavicules. Elle l'agrippa.

« Tu es retourné sur l'île avec Barbe-Folle, avança Tale. Vous y êtes retournés pour récupérer Papa, et le trésor.

— Oui. »

Aghiles s'était presque recroquevillé sur lui même. Il se mordit les lèvres, son œil pulsa d'émotion. Tale soupira.

« Tu as essayé de lui faire comprendre que c'était ta trouvaille, que tu l'avais découvert avec moi et Lucretia, qu'il fallait le partager. Il a refusé. »

Elle le remarqua à nouveau. Le même raz-de-marée que la dernière fois, toujours aussi violent, même dans un seul œil. L'iris de son ami était complètement submergé. Mais il ne se laissa pas emporter. Il se battait contre lui même, il se maintenait à sec autant qu'il le pouvait.

« Reste avec moi, dit Tale. Laisse Barbe-Folle partir tout seul. Retrouvons Lucretia, rejoignons les Éoliens. Il n'y a que là bas où on n'a jamais été heureux. Là bas, les mères ne veulent pas voir mourir leurs filles, et les pères ne battent pas leurs fils jusqu'à ce qu'ils obéissent. »

Aghiles refusa d'un mouvement de tête. Le cœur de Tale se serra.

« Ils ne sont plus… », articula Aghiles.

D'une main tremblante, il réajusta son cache-œil et sécha au passage la larme naissante d'un œil mort.

« À cause de moi, à cause de mon père. Il m'a obligé à tout lui raconter, dans les moindres détails. Il a perdu le peu de raison qu'il lui restait quand j'ai parlé de la pierre de dragon. Il a alors fulminé de rage et s'est rué au camp de Lucretia. »

Tale porta sa main valide et celle qui n'existait plus à sa bouche.

« Il a massacré tout le monde, Tale. Les enfants, les femmes, les vieux, les hommes. Tous, ils ont essayé de se défendre, mais ça n'a fait qu'attiser sa soif de sang. Il ne s'est calmé que lorsque l'ancienne, dans son dernier souffle, lui a dit que la pierre était déjà loin, et qu'il ne la retrouvera jamais. »

Un vertige gagna Tale.

« Lucretia ? parvint-elle à demander.

— Je ne l'ai pas retrouvée, avoua Aghiles. Ni elle ni La Renarde. Je suis presque sûr qu'elles ont quitté le camp bien avant, avec la pierre. Elles devaient être déjà loin quand mon père… Je prie les Lunes et le Soleil depuis lors pour que jamais elle ne s'arrête en chemin. Il va remuer ciel, terre et mer pour la retrouver. »

Tale se leva d'un bond et se planta devant Aghiles. Elle força sur sa gorge nouée.

« Raison de plus pour rester avec moi. Ne me dis pas adieu, reste. On partira tous les deux dès que j'irai mieux ! On retrouvera Lucretia, loin d'ici. On l'aidera à échapper à ton père. On apprendra à être heureux, tous les trois ! Ou tous les deux si on ne devait jamais la retrouver ! Mais ne me laisse pas toute seule ici.

— Il ne me laissera pas faire. Il me tuera, ou pire. J'ai pas le choix. »

Il n'affronta pas son regard, il garda sa tête baissée et Tale se laissa choir. À genoux, elle attrapa un morceau de la chemise d'Aghiles et tira de toutes ses forces pour l'obliger à la regarder.

« On a toujours le choix, gémit-elle.

— Je suis désolé. Je fais que ce que je peux, pas ce que je veux. »

Pas ça, non ! Moi je pourrais. Pour toi, je pourrais !

Aghiles se dégagea de la poigne de Tale et l'embrassa sur le front. Alors qu'il passait le pas de la porte, Tale lui cracha toute sa haine.

« Tu n'es qu'un sale lâche ! »

Elle observa l'effet dévastateur de ses mots sur le visage de son ami, elle se gorgea de la douleur qu'elle causa, et l'espéra d'une ampleur comparable à la sienne.

« Je t'en prie Tale, c'est déjà assez difficile comme ça, ne gâche pas tout. »

Ne gâche pas tout ? Mais c'est toi qui m'abandonnes ! C'est toi qui me laisses pourrir dans ce village pour vivre la vie de pirate aux côtés de ton père ! Ton père qui est encore vivant ! Un monstre qui respire encore, alors que mon père à moi, il est mort !

Rien n'est plus douloureux que l'injustice, ma petite

reine. On a beau la contempler chaque jour, la pointe de sa lame réussie toujours à nous larder par surprise. Profondément. Mais quelque chose t'échappe encore. Je vais te faire cadeau de cette petite vérité. À ton avis, comment ton ami a-t-il pu entendre les derniers mots de la vieille Éolienne ?

Tale réprima un haut-le-cœur.

Il était là-bas et...

« Tu n'as rien fait, hurla Tale. Tu as accompagné Barbe-Folle jusqu'au camp, tu lui as montré le chemin ! Tu l'as laissé tuer tout le monde ! T'as tout vu, et t'as rien fait ! »

Les couleurs quittèrent le visage d'Aghiles.

« T'es pire qu'un lâche ! T'es... »

La porte claqua et l'indignation se gela dans la bouche de Tale. Les bruits des pas précipités d'Aghiles s'éteignirent, ne resta alors que l'impression d'étouffer.

Pendant de longues minutes, Tale chercha son souffle. Jusqu'à ce que la porte s'ouvrit à nouveau. L'espoir lui gonfla la poitrine.

La mère entra dans la chambre, chassant les restes d'espérance par la même occasion.

Elle semblait plus vieille que la dernière fois, plus fatiguée aussi. Elle ne portait pas de maquillage, ses rides paraissaient plus creusées et d'horribles cernes lui noircissaient les poches qui tombaient sous ses yeux. Des yeux qui ne croisèrent que furtivement ceux de Tale pour se poser ailleurs, plus bas, sur l'ombre d'un bras.

« Tu n'aurais pas dû te lever dans ton état, recouche-toi. »

Tale ne trouva pas la force de contester, et obéit. Son cœur lui faisait si mal. La mère la borda, et chose rare, elle lui embrassa le front, au même endroit que ce traître d'Aghiles.

La mère la détaillait avec insistance, un sourire triste s'épanouit aux coins de ses lèvres. Quelque chose serra les miettes qui tapaient sous la poitrine de Tale. En s'éloignant, la mère buta dans le bol de bouillon qui traînait encore au sol. Elle s'en empara avec douceur, redressa Tale, et entreprit de la nourrir.

Elle souffla sur la cuiller, et lui versa la soupe. Encore, et encore.

Peut-être que je ne suis pas si seule, après tout ?

« Merci, dit Tale.

— Je t'en prie, fille », répondit sa mère d'une voix brisée.

Papa est mort, Lucretia est partie, Aghiles m'a abandonnée, mais, peut être que la mère...

« Qu'est ce qu'il s'est passé pendant que je dormais ? »

Trois coups de cuillers passèrent avant qu'elle ne lui répondit.

« Une Éolienne t'a ramené, un matin, avec ton ami. Elle m'a dit que vous aviez été attaqué par une bête sauvage sur l'île aux sirènes. Tale, que faisais-tu là-bas ? Ce n'est pas un endroit pour une jeune femme.

— C'était pas une bête sauvage ! C'était la sirène des légendes ! Une femme aussi grande qu'un ours, avec plein d'ailes. Elle... c'est pas important ! Il y avait Papa là bas ! Il ne nous a pas abandonnés en fin de compte. Il... »

Il a été tué, poignardé dans le dos. Je me demande bien par qui ?

Tale ferma les yeux et poussa de toutes ses forces la voix hors de sa tête. Les doigts de la mère séchèrent une goutte de bouillon sur son menton et la ramenèrent à la réalité.

« La fièvre t'a fait délirer, les sirènes, ça n'existe pas. Mais tu as raison, Notre Guide pense qu'il s'agissait d'une ourse qui protégeait ses petits. »

Non ! C'était bien la sirène ! Lucretia ne le lui a pas dit ? Pas même Aghiles ?

« Barbe-Folle s'y est rendu après, dans les ruines que vous avez trouvées. Il a forcé son fils à le guider, le gamin portait encore les bandages autour de se son œil. Un monstre, ce type. Mais il m'a ramené ton père, et ses derniers mots. »

La cuiller claqua contre les dents de Tale, et s'enfonça un peu trop loin dans sa gorge.

« Tu me fais mal.

— Pourquoi ne m'a-t-il rien écrit, à moi ? Pourquoi toi, tu as eu droit à un adieu, alors que moi, non ? Mais je ne me suis pas laissée faire. On ne se moque pas de moi comme ça, Tale. Je lui ai tout donné à cet homme, et c'est comme ça qu'il me remercie ? En oubliant de m'adresser à moi, sa femme, un dernier mot ? Il ne m'a jamais aimé. Alors, je l'ai brûlé. »

La mâchoire de Tale se contracta, ses lèvres se détroussèrent.

« La terre, c'est pour ceux qui rejoignent la douce étreinte d'Enthrall, continua la mère. Ton père n'aura droit qu'à la fournaise du Soleil, comme tous les saligauds de son espèce. »

Tale se libéra de sa couverture avec une force qu'elle ne se soupçonnait pas. La colère engourdit sa faiblesse, sa fatigue et guida sa main. Non, pas la colère, la fureur. Elle claqua la mère, de toutes ses forces. Emportée par le mouvement, Tale tomba au sol, incapable de se retenir. Elle vomit un flot d'injures, les pires mots qu'elle connaissait pour qu'ils déchiquetassent le cœur de la mère. Lorsque la force de Tale se tarit, lorsque son corps se mit à trembler, alors, elle se força à voiler sa fureur. À la retenir, à la confiner dans un coin bouillant de son être. Elle jeta un dernier regard à la mère, noir de haine. Elle, elle se tenait la joue, abasourdie.

« Je te pardonnerais jamais pour ça, jamais tu m'entends ! hurla Tale. Pauvre folle, je venais de le retrouver. Il a pourri tout seul dans ce lieu maudit, incapable de trouver le repos. C'est tout ce qu'il me restait ! C'est la seule chose que je pouvais encore faire pour lui, lui accorder le repos. Et toi, tu le condamnes à la damnation éternelle ? Mais pour quoi ? Parce qu'il était trop mort pour continuer sa lettre ? Tu es aussi monstrueuse que Barbe-Folle, Harleen ! Tu détruis tout ce que j'aime ! Pire que lui ! Une garce de la pire espèce. »

La mère sortit de sa torpeur, et s'abaissa au niveau de sa fille. Elle l'aida à se relever, contre son gré. Tale voulut se débattre, mais le moindre effort lui sembla si vain. La mère la borda à nouveau, mais sans douceur cette fois. Elle gagna le pas de la porte, et se retourna une dernière fois vers sa fille.

« Qui m'a rendue ainsi, selon toi ? Quant à ton pardon, laisse-moi rire : il n'a aucune valeur. C'est toi qui as gâché ma vie, comment oses-tu te réserver le droit de me pardonner quoi que ce soit ? Tu te crois si maligne. Tu te crois meilleure que moi parce que toi, tu as eu le droit à une lettre. Mais c'est pas ça qui te sauvera, Tale. Ton père, il est crevé. Ton petit copain borgne ? Il reprend la mer avec son père. Tu ne le reverras pas de si tôt. Tu vois ? C'est ça la vie, tout le monde t'abandonne. Mais pas moi. Tu me frappes, tu m'insultes, mais moi, je suis encore là. Je prends soin de toi même si tu as gâché ta vie en perdant ton bras. »

Tale chercha à lui répondre, à lui cracher d'autres injures, mais sa langue refusa de lui obéir.

La brume se diffusait à nouveau dans tout son être.

« Tâche de passer une bonne nuit », susurra la mère.

La porte claqua, l'ivresse du vide l'enveloppa de nouveau.

Elle bougeait. Non, ce n'était pas elle. Tale restait immobile, mais elle se mouvait. Elle avait mal dans tout le corps, quelque chose la restreignait. Elle se concentra sur ses petits éclairs de douleur. Son moignon, bien sûr, mais son poignet également. Sa poitrine, sa taille, ses cuisses, ses pieds. Sa bouche. Elle tenta de bouger, la douleur tonna.

Un gémissement étouffé s'échappa de ses lèvres. Quelque chose lui recouvrait la bouche, elle sentit la texture du chanvre et le goût de la boue. Elle entendait des hennissements, des cliquetis métalliques, des roues. Tout s'arrêta. Des bruits de pas maintenant. Une intense lumière chassa les ténèbres.

« Ha ! J'ai bien fait de jeter un œil, on dirait que tu te réveilles ! »

Tale avait déjà entendu cette voix malade, grinçante

comme un vieillard sur le point de mourir. Ses yeux s'ajustèrent peu à peu à la lumière. Elle distingua la silhouette arquée d'un homme, d'un vieillard au crâne tatoué, au sourire édenté, à la main marquée par une vilaine trace de morsure.

Non, pas ça !

Tale essaya de fuir, mais les cordes nouées autour de son corps étaient bien trop serrées. Elle essaya de hurler, mais le bâillon étouffa tout bruit. Elle persévéra malgré la terreur qui gonflait, malgré ses nerfs qui lâchaient.

Le vieil homme rabattit la bâche et les ténèbres s'abattirent de nouveau sur Tale.

« Crie autant que tu veux, personne ne t'entendra, on est presque arrivé. »

Un fouet claqua, des chevaux hennirent, et Tale se sentit bouger à nouveau.

« Tu es enfin à moi, maintenant » ! lui cria le vieillard avec entrain.

10
LA NAUFRAGÉE

J'ai bien failli mourir sur cette île maudite, mais le jeu en valait la chandelle. L'artefact du pirate était bien plus qu'une relique semblable à la mienne, c'était un de ses fragments ! Sa fonction ne fait plus de doute, même s'il soulève de nouvelles questions : que fait un symbole presque identique à la paladine sur la main de la Sorcereine ?

Extrait du journal de Carlyle Rampsabe,
entrée de l'An 1077.

Tale resta de longues heures dans cette inconfortable position, les cordes qui la ligotaient lui interdisaient le moindre mouvement. La panique effleurait sa conscience, mais elle s'évertuait à la tenir éloignée. Perdre ses moyens ne l'aiderait en aucune manière. Elle avait suffisamment pleuré, elle n'était plus une gamine effrayée, mais une aventurière. Une pirate qui avait affronté la sirène et qui avait survécu !

Loin de moi l'idée de gâcher ton petit moment d'émancipation, mais n'oublions pas que c'est en grande partie grâce à la chance que tu es encore en vie.

Encore cette voix. La mère avait peut-être raison, elle délirait.

Cette ribaude patentée, avoir raison ? Elle ne fait qu'aboyer des semi-vérités à qui veut l'entendre. Ta mère ne sait rien, ma petite reine. Les abîmes de sa stupidité ne sont rien d'autre qu'affligeant.

Personne de sain d'esprit n'entendait des voix dans sa tête, même si elles disaient tout haut ce que ladite personne penserait tout bas. Enfin tout haut... Était-ce le choc d'avoir perdu un bras ? L'esprit se détraquait-il quand il manquait des bouts de soi ?

Très peu pour elle ! Elle ne disposait pas du même luxe que la mère, elle ne pouvait pas se laisser glisser dans la folie. Elle devait agir si elle voulait fuir cette vieille carcasse qui avait réussi à mettre la main sur elle !

Pourquoi te contenter de le fuir ? Tu devrais lui briser le crâne, le faire éclater comme un œuf ! Régler ton problème d'une façon plus définitive.

Ça suffit à la fin ! Je ne veux pas perdre la raison, alors arrête de me parler ! Je ne t'écouterais pas !

Cesse de t'imaginer en démente. C'était mignon au début, mais cela devient vite lassant. Je ne suis pas une manifestation de ta raison réduite en morceaux ou que sais-je.

Qu'est-ce que tu pourrais être d'autre ?

Quelqu'un qui n'a que ton bien-être à cœur. Quelqu'un qui serait prêt à déplacer des montagnes pour t'aider à t'extirper de cette délicate situation.

Un choc envoya valdinguer Tale contre une paroi de bois, lui arrachant un gémissement. La situation dépassait de loin le délicat et s'apparentait de plus en plus au désespéré.

D'après ce qu'elle entendait, elle se trouvait dans une carriole, cachée. Le vieux paladin s'était rendu à Sadsande en bateau la dernière fois. Si elle voyageait maintenant par la voie terrestre, c'est qu'au moins une mer la séparait déjà de chez elle. Même si elle réussissait à fuir, à tomber de la carriole sans s'esquinter, elle ne saurait où aller. Perdue. Quelle solution lui restait-il?

Oh vraiment? La voix désincarnée dans ma tête serait capable de m'aider?

Comme c'est charmant, la petite pirate s'essaye à l'emploi de mots compliqués pour gagner en prestance. Ça aussi, ça peut vite devenir lassant. Oui, je suis capable de bien des choses. Des choses qui feront la différence entre ta survie et quoique ce soit que ce vieux pervers a prévu de te faire subir. Je ne demande en échange qu'une petite chose.

Tu veux marchander maintenant? Je crois que c'est trop tard pour moi, je suis déjà folle. À lier, vu que je rentre dans ton jeu : j'ai pas grand-chose à te proposer, comme tu peux t'en douter.

Hilarante... Maintenant, écoute. Je ne te demande qu'un tout petit rien. Un pacte. Une promesse au nom des oubliés. En échange, je t'offrirai d'antiques secrets. Le pouvoir de changer ton destin. N'est-ce pas tout bonnement incroyable? Le meilleur marché que pourrait espérer la fille d'une putain et d'un pirate réduit en cendres !

La tirade de la voix lacéra son cœur. Papa. Son âme avait-elle bien trouvé le chemin d'Enthrall, ou souffrait-il mille tourments au cœur du Leoht ? Non, Papa était un homme bon. Impossible qu'il brûle dans la fournaise solaire ! Impossible comme le marché de cette voix !

Qui accepterait ce genre de pacte ? Une sorcière, voilà qui ! Tale deviendrait pirate, pas une vulgaire maléficienne ! Elle repoussa aux confins de sa raison la maudite voix, et se concentra sur le vrai problème. Comment réussir à s'échapper ?

Le vieillard avait dû profiter de son sommeil pour l'enlever. Un sommeil rendu extrêmement lourd par les drogues qu'on lui donnait contre la douleur et la fièvre. Bien. Il devait certainement l'amener chez lui. Puisqu'il ne se rendait à Sadsande qu'une fois par mois, il ne devait pas habiter juste à côté, mais pas non plus trop loin.

Avec un peu de chance, elle y trouvera un bateau pour chez elle. Le bordel de la mère était assez couru dans la région, la promesse d'une récompense motiverait sûrement le chaland à la ramener.

Le soir de l'île aux sirènes, il s'était enfui vers l'ouest. On est peut-être sur l'île de la tortue, ou vers Lastpoint ? Ça ne sera pas facile, mais si je longe la côte, je finirais bien par tomber sur un port.

La carriole s'arrêta. Tale chercha à desserrer ses liens, à s'extirper de sa prison de corde. Sans succès. Elle entendit son tortionnaire descendre, et s'éloigner.

Elle chercha à ramper, mais se rendit vite compte qu'on l'avait attachée à un crochet.

Des bruits de pas se rapprochèrent, on tira la bâche. Pas de lumière vive cette fois-ci, uniquement les flammes de chandeliers et le sourire édenté du vieil homme. Il lui porta un chiffon humide au nez.

Une puissante odeur d'onguent lui piqua le nez et tira ses paupières.

Encore? Dire que je pourrais en profiter si tu avais accepté mon marché.

La... ferme.

Ses pieds touchèrent quelque chose de poisseux. Tale tira sa langue de dégoût, et perdit le peu d'air qu'elle gardait dans ses poumons. Alors que de l'eau salée remplissait sa bouche, elle se dépêcha de regagner la surface à grandes brassées. Aussitôt que sa tête sortit de l'eau, elle inspira de grandes bouffées d'air frais, d'air froid.

Des flocons de neige tombaient des cieux, s'amoncelant tout autour, recouvrant l'estran et ses bernacles d'une eau céleste. Pourtant, Tale ne grelottait pas. Au contraire. De la vapeur émanait du bassin dans lequel elle se trouvait.

L'eau de mer ça ne peut pas chauffer comme ça !

Elle nagea jusqu'au bord, posa ses bras sur les coquillages pour se reposer un instant. Elle profita de cette étrange rencontre entre la chaleur et le froid sur sa peau, terriblement agréable. La neige tombait sur ses bras pour fondre aussitôt, se mêlant à sa sueur. Elle détailla son bras.

Il est revenu ?

Elle le serra contre elle, le regarda de plus près.

C'est impossible !

Des remous provoquèrent des vaguelettes qui l'éclaboussèrent. Tale se retourna et hoqueta de surprise en découvrant Lucretia sortir la tête de l'eau, le cristal de son front flamboyant de lumière rose. L'Éolienne, complètement nue, émergea jusqu'à sa taille, la poitrine ruisselante.

Tale rougit aussitôt et se laissa tomber jusqu'à ne laisser que son nez à la surface pour cacher son émoi.

Qu'est-ce qui se passe ? Je comprends rien !

La Renarde passa à côté de Tale, trottinant à la surface de l'eau comme s'il s'agissait d'une épaisse pelouse. Elle vint frotter sa tête contre la main de Lucretia, qui la caressa, puis alla se coucher au bord de l'eau.

« Merci », marmonna l'Éolienne.

Tale croisa son regard, Lucretia lui sourit à travers ses cheveux d'argent.

« Elle a mélangé nos songes, expliqua-t-elle. Pour que je puisse te parler, te demander pardon.

— Un rêve ? C'est vraiment toi ? »

Lucretia hocha de la tête. Elle s'avança dans les ondes pour prendre Tale dans ses bras.

« Écoute-moi bien. Je n'ai pas beaucoup de temps avant qu'elle comprenne que je lui ai joué un tour. Fuis, Tale. Sauve-toi de Sadsande. Un grand malheur t'attend si tu restes là bas ! »

Je crois que...

Tale étreignit Lucretia quelques instants avant de la repousser.

« C'est trop tard. Ce grand malheur vient de me tomber dessus. »

Le visage de Lucretia changea, la colère et l'affront s'y disputèrent la dominance. Elle fit volte-face et cria sur La Renarde.

« Tu m'as trompée, sale bête ! »

L'animal bâilla et remua sa queue.

« Tu oses me jeter la première pierre ? Remercie-moi plutôt de ne pas avoir laissé ta petite tentative de trahison m'empêcher de t'offrir ce moment avec elle. »

Lucretia claqua l'eau pour asperger l'animal et se retourna vers Tale. Elle baissa les yeux.

« Je suis désolée, tu ne mérites vraiment pas tout ça.

— Je comprends pas, s'emporta Tale. Qu'est-ce que ça veut, dire tout ça ? Qui es-tu vraiment ? Une sorcière ? Et ton renard, qu'est-ce que c'est ? Pourquoi il parle ? Pourquoi il avait une carte menant à mon père sur le ventre ?

— Tale...

— Aghiles m'a dit que t'avais disparu aussitôt que t'avais pu mettre la main sur la pierre qu'on a trouvée ! Est-ce que tu sais seulement ce qui est arrivé à ton clan après ça ? »

Lucretia acquiesça, des larmes perlèrent au coin de ses yeux. Le tonnerre gronda, la foudre tomba non loin. La Renarde se releva, la neige commença à s'effriter, à disparaître. Tout comme l'eau, les bernacles et le corps de Lucretia.

Tale l'agrippa.

« Lucretia ! Est-ce que t'as fait tout ça ... Si t'as été si gentille avec moi, c'était uniquement pour mettre la main sur la pierre ? C'est moi qui ai trouvé les ruines, vous, vous ne la voyiez pas. Je ne sais pas pourquoi ni comment, mais tout ça, c'était une ruse pour récupérer le trésor de ton clan ? »

Lucretia réprouva d'un mouvement de tête ses dires. Ses cheveux s'ébouriffèrent et s'étiolèrent.

« Tale ! Je n'ai plus le temps, trouve Ariel ! Je... »

Les derniers mots de l'Éolienne disparurent en même temps qu'elle. Alors que son songe s'effondrait autour d'elle, Tale se blottit contre elle même.

Elle m'a menti, elle n'a jamais été mon amie. Elle s'est juste... servie de moi. Comme tout le monde.

Tale ouvrit les yeux face à de la pierre brute. La lueur vacillante d'une flamme projeta son ombre sur le mur.

Lucretia... Je suis tellement pitoyable que j'en arrive même à rêver d'elle. J'ai pas de temps à perdre avec tout ça.

Doucement, elle se redressa. Elle constata l'absence de cordes, mais trouva les marques qu'elles avaient laissées sur sa peau. Elle se leva en s'appuyant sur le mur. Ses jambes la tenaient debout, mais ses articulations lui tiraient horriblement.

L'endroit sentait le renfermé, le vieux foin et la maladie. Un des coins de la pièce était souillé d'excréments séchés, elle s'en éloigna autant qu'elle put. Elle gagna la grille qui fermait cette horrible cellule, et secoua les barreaux de fer.

« Laissez-moi sortir ! aboya-t-elle.

— La demie rien, c'est toi ? »

Tale se précipita contre l'autre mur, d'où provenait la faible voix. Une voix tristement familière.

« Don, c'est toi ?

— C'est bien toi, la sauvage ! La Libre Lune a entendu ma prière. J'ai tellement souhaité qu'elle t'envoie ici, avec moi, dans la fournaise.

— De quoi tu parles ? Don, qu'est-ce qui se passe ici ? »

Une terreur primaire lui rongea les entrailles et déforma sa voix.

« Ferme-la ! T'as pas le droit d'avoir peur, toi ! C'est de ta faute si je suis ici. C'est de ta faute si mon père est mort, c'est ta faute si mon oncle m'a vendu à cette ordure !

— Allons, allons, clama une voix lointaine. On se calme les enfants, j'ai besoin de sérénité pour travailler. »

Le vieux paladin. Il arrivait. Des clés s'entrechoquaient.

Tale se plaqua contre les barreaux de la porte. Elle aperçut le vieillard ouvrir la cellule d'à côté, des hommes en noir le suivaient et y entrèrent. Ils ressortirent avec Don sur un brancard.

La mâchoire de Tale manqua de tomber. Il ne ressemblait plus du tout au garçon avec qui elle s'était battue. Il n'avait plus de jambes, plus qu'un seul bras. Plus que la peau sur les os.

Son regard brisé se planta dans celui de Tale, un sourire sardonique déforma ses lèvres déchirées.

« C'est ça qui t'attend, la demie rien. Ça et bien pire ! »

Le vieillard et ses minions disparurent au bout du couloir, Tale se précipita au coin souillé pour y vomir.

11
LE PREMIER BUTIN

L'Histoire retient la Sorcereine comme une fabulatrice. La fille du péché qui de ses mensonges et de ses charmes tenta d'envoûter les dirigeants du sud de l'Empire pour les retourner contre leur Empereur Immortel. Quand elle comprit la loyauté de ses victimes imperturbable, elle décida d'invoquer, grâce à sa sorcellerie, une armée de bêtes sanguinaires qui déferla sur le monde.

Extrait des Chroniques d'une vagabonde,
de Rossana Velouria.

Tale se tenait assise sur sa paillasse, un bras autour de ses genoux. Elle luttait contre une envie irrésistible de se gratter un bras qui n'existait plus. Elle regarda le pansement souillé autour de son moignon, elle n'avait encore jamais vu à quoi ça ressemblait. Une petite partie d'elle pensait toujours trouver son membre dans un repli du tissu, plié et replié, complètement brisé, mais capable de se dérouler et, avec le temps, de guérir.

Un espoir absurde, elle se mentait à elle même. Voilà

ce que c'était d'espérer : se mentir. Elle se mentait à elle même en pensant quitter son village de miséreux, elle se mentait à elle même en pensant devenir une pirate. Elle se mentait à elle même en pensant s'être liée d'amitié. Elle allait mourir ici, seule, découpée en morceaux par un fou.

Au moins, le premier aura été prélevé par une sirène, un monstre de légende. Tale ne donnerait pas la satisfaction à ce vieillard de l'avoir débitée complètement. Un maigre réconfort, certes, mais le seul qu'elle pouvait se permettre.

Cesses de t'apitoyer ainsi sur ton sort, ça me donne des hauts le-cœur. Enfin, ça m'en donnerait si j'en avais un.

Tale serra les dents et cogna son front sur ses genoux. Encore, et encore.

Essayerais-tu de m'assommer ? Je ne saisis pas vraiment le chemin qu'a pris ta pensée pour te convaincre qu'il s'agissait là d'une possibilité viable, mais ça reste étrangement divertissant.

Pourquoi tu me tortures comme ça ? Je ne suis pas encore assez abattue, il faut que tu ajoutes à la blessure l'insulte ?

Moi, te tourmenter ? Alors que je ne susurre que sucreries à tes oreilles ? J'essaye simplement de te secouer. Tu te laisses abattre à la première difficulté, c'est embarrassant à voir.

Tale leva si vite sa tête qu'elle cogna l'arrière de son crâne contre la pierre. Elle serra tellement son poing que ses ongles plongèrent dans sa chair. Elle cria :

« La première difficulté ? Un monstre m'a arraché mon bras, mes seuls amis m'ont soit abandonnée, soit ne l'ont jamais été ! Et maintenant, un vieux porc m'a enlevé pour me faire les Lunes savent quoi ! La première difficulté est bien loin derrière moi ! »

Voilà le feu que je cherchais à allumer. Entretiens ce brasier, Tale. Entretiens-le et il nourrira les mensonges que tu te racontes. Car là est la nature de l'espoir, petite reine : des mensonges que l'on gonfle de fureur pour qu'ils pillent la réalité.

C'est pas l'espoir qui me sortira de là.

Non, mais il t'aidera. Tout comme moi, si tu acceptes de passer ce tout petit pacte avec moi.

Je sais même pas ce que tu es. Un Vestige, t'avais dit ? En quoi ça m'avance ?

Oh, mais si, tu sais qui je suis. Tu m'as déjà rencontrée. On a même partagé un moment privilégié : j'ai mangé un morceau de toi, et toi, tu m'as calcinée.

Tale se releva à la hâte et frappa le mur de son poing.

La sirène ? Sors de ma tête ! Je ne veux pas de toi ici !

La voix resta sourde à ses suppliques. Très bien ! Elle suivrait l'exemple ! Elle ne lui répondrait plus. Hors de question de s'acoquiner plus avant avec un monstre pareil ! Un autre genre de monstre lui demandait toute son attention.

L'espoir ne la sortirait pas de sa prison, mais l'aiderait assurément. Là-dessus, elle rejoignait la sirène. Tale ne survivrait pas sans essayer. Le vieillard devrait bien venir la récupérer, et là, elle pourrait frapper. Le mordre, le faire saigner. Elle l'avait déjà fait.

Tale fouilla sa cellule à la recherche de quelque chose qui lui aurait échappé la première fois. Rien. Elle passa la main sur la pierre, chercha à en desceller des morceaux.

Sans succès.

Elle fouilla dans ses poches pour trouver la bague du paladin, qu'elle enfila sur son majeur.

Si je le frappe avec, ça fera plus mal. Je crois...

Une porte s'ouvrit au loin.

Elle n'eut le temps de rien. Tale s'accroupit près de sa couche et en extirpa une poignée de foin. Les pas du vieil homme résonnèrent dans toute la prison. Elle se réfugia à l'autre bout de la pièce, une expression d'indifférence posée sur son visage. La peur et la colère se disputèrent son cœur, mais son ravisseur ne s'en rendrait jamais compte.

Un sourire édenté s'afficha derrière les barreaux, un carillon de métal retentit, le verrou cliqueta et la porte grinça. Le paladin s'approcha, en agitant une main d'un air avenant, en cachant à peine un gourdin de l'autre.

Tale se pinça les lèvres, compta ses respirations en les calant sur les pas du vieil homme. Quand il n'en resta plus que deux, elle se lança en avant, jetant la paille au visage de son tortionnaire. Elle se laissa tomber à genoux, et fila entre les jambes de l'enflure en rampant aussi vite qu'elle le put.

Elle poussa sur sa main valide pour se relever d'un bond, mais une tenaille glacée se referma sur sa cheville. Le vieillard l'agrippa fermement et la tira avec une violence folle en arrière. Tale tomba sur le menton, le choc se réverbéra dans tout son crâne. Elle crut même sentir une dent se fêler. Il continua à la tirer. Son menton racla contre la pierre brute et sale de la cellule. Elle s'empêcha de crier. Elle se retourna aussi vite qu'elle le put, prête à jouer de son poing.

Le gourdin s'abattit sur son front.

La brume recouvrait ses pensées, tout son visage la faisait souffrir. Quelque chose de visqueux lui recouvrait un œil, une odeur de fer lui piqua le nez. Du sang, son sang.

Tale ouvrit les yeux en cherchant à sonder sa plaie, mais son bras refusa de bouger. La peur au ventre, elle le regarda. Elle soupira de soulagement. Il était bel et bien là, juste retenu par une sangle de cuir. Tout comme le reste de son corps, attaché à un mur ou à une planche de bois. Si ses pieds eurent touché le sol, elle aurait pu se tenir debout. Elle se trouvait dans une nouvelle cellule dont le sol était tapissé de pierres brunes.

Ta naïveté est adorable, ma petite reine. C'est du vieux sang, tout ça, oh, et je crois avoir trouvé d'où il vient !

Le rire de la sirène lui glaça les veines, tout comme sa macabre découverte. Tale s'étonna de crier son nom :

« DON ! »

Pas de réponses. Elle guetta son torse, tout ce qu'il restait de lui, à la recherche d'un mouvement. D'une respiration. Rien.

« Oh, mais oui, vous venez tous deux du même village ! Vous deviez certainement vous connaître. »

Le vieillard lui tournait le dos, tout occupé qu'il était à préparer des instruments sur une grande table en chêne. La terreur se déchaîna en Tale lorsqu'elle reconnut une myriade d'éclaboussures vermillon sur le blanc passé de la robe qu'il portait.

Le sang de Don.

Les taches maculaient le vêtement, remontaient des pans jusqu'au dos, rougissant même la croix à trois branches brodée qui s'effilochait juste sous la nuque du vieux fou. Tale haleta.

Cette croix, elle l'avait déjà vue : gravée dans l'argent d'une bague et surmontant le pommeau d'une dague.

La dague qui a tué Papa, la bague de cette ordure. Je me souviens maintenant ! Cette bague, ces tatouages de vague et de filets sur son crâne, je les avais déjà vus ! C'était l'homme avec qui parlait Papa, ce jour-là sur le quai ! Un paladin !

Une question me taraude : qu'est-ce que cela pourrait bien signifier ?

Alors que la voix persifla dans sa tête, Tale contracta tous ses muscles. Son nez se retroussa, ses dents s'entre-choquèrent et sa gorge se déchira d'un cri sourd.

C'est lui ! C'est lui qui l'a tué ! Je vais le massacrer, je vais te venger Papa !

Le vieillard se retourna vers Tale à la hâte, un ceintu-ron truffé de vis et d'écrous en mains, et haussa un sourcil réprobateur :

« Allons, allons, un peu de calme voyons ! Nous allons pouvoir procéder dans un instant. »

Tale chercha à se libérer, tira de toutes ses forces, mais rien ne bougea. Le vieux fou la condamna d'un cla-quement de langue, et s'affaira à attacher le ceinturon au-dessus de son moignon.

« Touchez-moi, et je vous tue ! »

Il l'ignora et acheva d'accrocher la sangle. Il tourna les écrous, les pointes de fer s'enfoncèrent une à une dans les chairs de Tale. Elle rugit de douleur.

Ne te laisse pas aveugler par ta colère, petite reine. Pas

tout de suite. Débarrasse-toi d'abord de tes liens. Passe le pacte.

La ferme !

« Pourquoi vous me faites ça ? Pourquoi vous avez tué mon père ?

— Ton père » ? s'interrogea le vieux paladin en reculant pour mieux l'observer. « Mais je n'ai tué personne… Oh, le pirate yrien ! Mais, oui, il venait de ton village lui aussi. C'était ton père ? »

Un fou rire le secoua. Tale trembla de rage et d'indignation.

« Jusqu'au bout la Libre Lune s'amusera de mon travail ! Ton père a été à l'origine d'un énorme bond dans mes recherches, et aujourd'hui, sa fille va me permettre de les voir aboutir. »

Il examina ce qui restait de son bras, retira les bandages. Tale essaya de le mordre au passage, mais ne réussit qu'à s'étouffer.

« C'est bien ce que je pensais, l'articulation a été préservée. Je vais devoir entailler de nouveau. Parfait. »

Non, non, non !

Aie, ça risque de piquer légèrement ça, non ? Il me semble que nous venons de dépasser le stade où tu pouvais te contenter de m'ignorer et chercher une échappatoire par toi même, ma petite reine.

Tale érigea un mur mental entre elle et la voix, elle se concentra de toute son âme sur le paladin et ses instruments. Elle devait réussir à s'en sortir.

Je veux pas mourir ! Pas avant de lui avoir fait payer !

« Vous ne pouvez pas me faire ça ! Harleen, ma mère, elle sait qui vous êtes. Elle vous retrouvera. Barbe-Folle est un de ses clients, c'est le père de mon meilleur ami. Elle le lâchera à vos trousses ! Il vous fracassera le crâne contre un mur, ou vous égorgera comme le sale porc que vous êtes !

— Qui, crois-tu, t'as vendue à moi, petite sotte ? Ta mère n'enverra personne. Elle t'a cédé dans les règles de l'art, en vertu de ton sang d'Yrienne. Pour une somme rondelette, j'ajouterais. Mais une petite métisse aussi unique que toi vaut bien chacune des pièces d'or dépensées. »

Une tempête la souffla, l'emportant au loin d'elle-même l'espace d'un instant. Quand Tale regagna son corps, sa fureur avait été balayée. Il ne lui restait même plus ça. Elle rit. Elle s'esclaffa de folie, de désespoir, de lassitude.

« La pire des garces », marmonna Tale.

J'ai bien d'autres mots qui me viennent en tête, mais aucun ne décrit assez précisément le degré de répulsion que tout ça m'évoque.

C'est fini... J'ai plus nulle part où rentrer. J'ai passé ma vie à vouloir quitter ce village maudit, et maintenant que je veux plus que tout y retourner, plus personne m'y attend. À quoi bon continuer de vivre ? Je voulais me battre, je voulais espérer furieusement. Mais pour quoi ?

Il te reste ton rêve, ta destinée, ma petite reine. Bats-toi pour vivre, car nul repos ne t'attend de l'autre côté. Passe le pacte. Laisse-moi te donner la force de te sauver.

Tale chercha le regard du vieux fou, il lui tournait le dos. Il soupesait d'autres de ses instruments, et revint auprès d'elle avec une scie.

« Vous allez me tuer, dit Tale.

— Pas à dessein. J'espère même le contraire, que tu survives. Tu n'es pas comme toutes mes autres expériences ratées : tu es son portrait craché. Le mélange de sang qui coule dans tes veines, c'est peut-être ça qu'il me manquait.

— Quelle expérience ? Qu'allez-vous me faire ? Pourquoi vous ne chassez pas des sorcières plutôt que de découper des gens ? »

Le paladin l'observa, ses yeux vibraient d'émotion. Il sourit. Il retourna auprès de ses outils, et y ouvrit un coffret. Il s'empara du contenu avec une précaution qu'il n'avait jamais démontré jusqu'alors. Il présenta l'objet à Tale, il en tremblait presque. Tout son visage était contracté, l'appréhension y régnait.

Tale eut la curieuse impression qu'elle pouvait détruire ce qu'il lui restait de raison d'un seul mot. Puis, l'objet attira toute son attention. Un épais morceau de métal qu'elle n'avait jamais vu de sa vie. Il brillait d'une teinte argentée aux reflets irisés. Mais l'objet, lui, elle l'avait déjà vu. Sur l'île aux sirènes, au bras d'une statue, jusqu'à la croix à deux branches qui y était gravée.

La croix des sorcières ? Comment cette raclure a-t-elle réussi à se procurer la main de la Sorcereine ?

« Qu'est-ce que c'est ?

— Une énigme. Un trésor inestimable. Un artefact datant de la guerre de la Sorcereine. Elle et ses suivantes taillaient dans de la magie pure pour plonger le monde dans le chaos ! »

Il cessa de regarder Tale pour se concentrer sur son cylindre métallique. Il le cajola du regard.

« J'ai passé toute ma vie à l'étudier. J'ai abandonné mes frères, je me suis parjuré pour le faire ! Mais il valait tous les sacrifices. Je lui ai arraché ses secrets, un à un, année après année. Je touche au but. »

Il le rangea, et revint armé de sa scie.

« Il doit s'attacher à quelqu'un, se fondre avec. Mais pas n'importe qui. Si la personne ne lui convient pas, l'artefact la fait pourrir. »

Il frôla son épaule et attrapa son bras esseulé. Le ceinturon l'engourdissait tellement qu'elle ne sentit que vaguement le contact de ses doigts.

« Arrêtez, supplia Tale.

— J'ai tout essayé. Les animaux, les hommes, les femmes, les enfants, les Yriens, les Lyonnais, les Éoliens, les Achipeliens, les Ennéens. Rien n'a fonctionné. Mais toi, tu es spéciale. Une métisse. Une incongruité. Le résultat d'un tabou auquel ces immorales sorcières devaient allègrement s'adonner. Je ne peux pas me tromper, tu lui ressembles tellement. Le portrait craché de la Sorcereine d'antan. Tu es la solution de cette énigme, jeune fille. Grâce à toi, je n'aurais pas gâché ma vie ! »

La douleur la foudroya tandis qu'il abaissa la scie. Tale hurla telle une damnée.

Passe le pacte, idiote !

Je veux pas mourir ! D'accord, j'accepte ! J'accepte le pacte ! Aide-moi !

Une puissante chaleur irradia Tale, une lumière rosée satura sa vue. Un bien-être intense la recouvrit, chassant la douleur au loin.

Le monde se voila. Elle flottait dans la nuit, face à toute l'immensité et à la pâleur d'Enthrall. Une chaîne de cristal rose tomba des cieux, au bout de cette dernière se trouvait la sirène, entravée. Ses gigantesques ailes plaquées contre elles, ses griffes et ses serres rendues inoffensives par les maillons de cryste, qui terminaient même par la bâillonner. Seuls ses yeux de topaze se murent pour tomber sur l'âme de Tale.

Nous sommes liées désormais.

La mâchoire de la sirène ne bougeait pas, sa voix résonnait à l'intérieur de Tale.

Je t'ouvre les portes de l'éternel, en échange, tu m'ouvriras les portes du fugace.

Une intense chaleur lui brûla l'index, une tache rosâtre se creusait sous son ongle. Une marque de cristal.

« Je comprends rien. »

Tu es fatigante, ma petite reine. Nous, les Vestiges, sommes sans fin. L'éternité s'accompagne de certains pouvoirs, dorénavant, tu pourras utiliser les miens. En échange, à ta mort, je me servirais de ton corps pour quitter ma prison et marcher parmi les vivants. Tends l'oreille maintenant, tu devrais les entendre.

Un brouhaha s'éleva et lui vrilla les tympans.

« Qu'est-ce que c'est ? »

Mon pouvoir : le chant. J'entends les complaintes de mes frères et sœurs Vestiges. Lorsque j'écoute leurs mille et une voix, que j'en isole une, je peux leur emprunter leur pouvoir. Ensuite, je deviens sourde à leur plainte. Cherche une voix, petite reine. Cherche la voix qui chante ton salut.

Tale se concentra sur son ouïe, elle chercha à décomposer les bruits qui l'agressaient sans y parvenir. Trop de rage, trop de colère, trop de puissance. Elle tomba à genoux, son crâne sur le point d'exploser.

Tu es encore trop jeune pour t'ouvrir à la multitude. Concentrerons-nous sur les Vestiges les plus proches.

Le vacarme se calma, et bientôt, Tale distingua les différentes voix qui s'assemblaient pour former ces bruits tonitruants. Peu à peu, la mélodie se simplifia, jusqu'à devenir une harmonie. Deux voix seulement. L'une, chaude et malicieuse, chantait la chance. L'autre, profonde et solennelle, chantait la protection. Des carillons cristallins retentirent alors, et deux autres chaînes se déroulèrent des cieux, retenant prisonniers deux autres monstres, même si la nuit masquait leurs traits.

Tu ne peux emprunter qu'une seule voix à la fois, petite reine. Laquelle pourra te sauver de ta délicate situation ?

La chance ou la protection ?

C'est bien ça. Nos voix chantent la langue de la création. Chante la chance, et tu pourras rendre l'impossible possible. Chante la protection, et tu pourras endurer n'importe quel mal.

Mais je ne pourrais le faire qu'une seule fois ? Je dois choisir entre faire réussir l'expérience de ce malade, ou me protéger de sa folie une seule et unique fois ?

C'est à toi de faire ce choix, mais fais-le vite.

La vive lumière rose frappa à nouveau.

La douleur revint, le son de ses cris et le déchirement de sa gorge lui parvinrent à nouveau.

Le vieux fou n'avait plus de scie entre les mains, mais son précieux trésor. Il l'approchait de son morceau de bras à vif. Le métal frétilla, des filaments irisés en jaillirent et plongèrent sous la peau de Tale. Ils s'enroulèrent autour de ses veines, de ses tendons, de ses muscles, de ses os. L'objet se souleva et se plaqua contre sa plaie. La douleur devint insoutenable.

De la chance ! Sa maudite expérience doit fonctionner ! Je ne veux pas pourrir et mourir ! Il faut que ça marche ! Tu m'as promis de me sauver, la sirène ! Tu m'as promis de déplacer des montagnes pour moi !

C'est ce que je fais ! La chance est notre domaine l'espace d'un instant, des tréfonds de mon âme, je modifie la réalité. Je rends tangible un évènement qui ne serait que possible, j'empêche un évènement certain de se dérouler en le rendant incertain. Je suis l'espoir dans toute sa fureur. La main de la Sorcereine devient ta main ! La mort, ce soir, ne se penchera pas sur toi ! Le pacte que nous venons d'établir, la porte que tu viens d'entrouvrir entre ma prison séculaire et le monde des vivants te donnent la force de survivre. Ouvre les yeux, Tale, et tends ta nouvelle main.

Tale ouvrit les yeux, la douleur s'estompa.

Le vieux paladin sourit tel un dément. Des larmes coulèrent sur ses joues parcheminées. Des larmes de bonheur.

Tale leva son nouveau bras, tendit sa main absente. Le métal ondula comme de l'eau, des gouttes irisées s'agglomérèrent pour former une pointe qui jaillit à toute vitesse pour se ficher un peu plus loin dans le mur. Une longue chaîne d'argent reliait encore la base de la pointe à son poignet.

Le vieillard glapit de plaisir.

« Ça fonctionne ! Je ne m'étais pas fourvoyé, tu es bien sa descendante. Avec toi, je vais pouvoir retrouver son navire, découvrir la vérité. Ma vie n'aura pas servi à rien, je vais laisser mon empreinte sur ce monde ! »

Tale observa son bras, incrédule. Elle détailla l'expression extatique de son ravisseur. Il sautait de joie ! Son sang chaud le tachait encore et il sautait de joie ? Il avait tué Papa, il avait tué Don. Il avait tué tellement de gens, et il riait.

Une nouvelle fureur embrasa Tale.

La pointe de métal vibra et se délogea du mur. La chaîne teinta et se rembobina. Le paladin applaudit. Tale pointa alors son bras venu du fond des âges vers le crâne du meurtrier, vers le crâne de celui qui lui avait volé Papa.

« Non » ! brailla-t-il.

Un tintement retentit et rebondit avec ses éclats de voix contre les murs ensanglantés. Une vive douleur traversa la nouvelle main de Tale, puis une étonnante chaleur l'enveloppa, comme si ces doigts inexistants venaient de s'embourber dans quelque chose de poisseux et de visqueux.

Elle réprima un haut-le-cœur.

Un nouveau choc, plus violent celui-ci, retentit. La pierre s'effrita sous les fantômes de ses ongles.

Tale cracha toute sa rage. Elle la jeta au visage de cet horrible monstre, maintenant traversé par une chaîne de métal irisé. Le sang du monstre se déversa, se mêla à celui qu'il avait fait couler. Les yeux du monstre se révulsèrent, son visage se déforma pour prendre, tour à tour, les traits du maire, de Barbe-Folle, de la mère. De tous les villageois qui se moquaient d'elle.

Le monstre chut, mais la chaîne le retint dans une position grotesque. Tale ressentit tout le poids du mort s'effondrer contre elle, comme si toute la chaîne était devenue son bras, mais elle ne faiblit pas. Elle ne quitta pas un instant les yeux de la vieille carcasse.

Un goût acide lui remonta dans la gorge. Elle chercha à dégager son bras de métal. La chaîne se délogea du mur, au loin, et lentement, doucement, se rembobina. Toute la pointe métallique rentra dans son bras, jusqu'à disparaître complètement. Seuls restèrent quelques filets écarlates qui s'écoulèrent sur le sol, ainsi qu'un crochet qui se forma depuis de longs filaments prismatiques.

Sa respiration ralentit à mesure que Tale acceptait ce qu'elle venait de faire...

Elle avait tué.

Pas un innocent, tout le contraire, un homme qui méritait bien pire. Mais elle avait tué, et elle comprit à l'instant qu'elle n'aurait jamais voulu connaître cette sensation. Jamais elle n'aurait voulu être responsable de la fin de quelqu'un, d'imposer, même à ce monstre, le passage de la vie au rien du tout. Jamais elle n'aurait voulu connaître le soulagement que procurait cet acte infâme.

Dans la vie, on ne fait pas ce qu'on veut, on fait ce qu'on peut.

J'ai toujours voulu croire qu'on pouvait faire plus.

Tu peux essayer, mais ce monde se fiche bien de ce que tu voudras. Certaines fois, tu n'auras pas le choix, cer-

taines fois seulement.

Tale continua de fixer le cadavre du monstre, s'émut de le voir peu à peu reprendre forme humaine. Les monstres qu'elle craignait tant, ces monstres qui l'enrageaient tant, ces monstres, ils saignaient comme des hommes. Ces monstres, ils mourraient comme des hommes.

Ne te repose pas sur tes lauriers, ma petite reine.

Tale frissonna et s'étonna de voir les volutes de son propre souffle. Des rires glaçants résonnèrent. De la folie, du plaisir, de la hâte. Le cadavre du vieillard fut pris d'un soubresaut.

Les rires ! Ils provenaient de sa gorge morte ! Un immonde craquement s'ajouta à la litanie malsaine qui se jouait devant Tale.

La mâchoire du paladin se disloqua, quelque chose s'en extirpait. Une main. Une main vaporeuse, squelettique.

L'effroi la gagna complètement.

Qu'est-ce que ça ?

Les paladins sont comme les sorcières. Ils passent eux aussi des pactes avec nous. Tu ferais mieux de te dépêcher de te libérer, la plupart des Vestiges ne sont pas aussi sympathiques que moi, ils ne cherchent qu'à se repaître de tout ce qui respire un tant soit peu.

Tale musela sa panique grandissante, chercha à se dégager de ses liens, mais n'arriva pas à grand-chose avec son crochet.

Utilise ta nouvelle main comme tu utilisais naguère la tienne, cherche à tendre des doigts différents.

Tale s'exécuta, et son crochet se désagrégea en gouttelettes qui se reformèrent aussitôt en une petite lame. Elle ne chercha pas à comprendre comment ce miracle était possible, et se dépêcha de l'utiliser pour couper les liens qui la retenaient.

Les rires du Vestige cessèrent alors brutalement, pour se changer en hurlements. Le cadavre du paladin prenait feu, et commençait à embraser le reste de la cellule.

Vite, vite, vite !

Tale claqua la porte de cet ignoble mouroir derrière elle, courut à perdre haleine dans un dédale de couloirs qu'elle ne reconnaissait pas. Elle devait survivre, non, plus que ça, elle devait vivre ! Vivre la vie que cette ordure avait volée à Papa, peut être alors qu'il trouverait la paix. Peut-être qu'il échapperait à la fournaise à laquelle l'avait condamnée la mère maintenant que son assassin était mort !

Tale s'accrocha à cet espoir, il lui donna la force d'ignorer toutes ses douleurs pour courir le plus vite possible jusqu'à trouver une fenêtre.

Des bruits de pas retentirent. Le Vestige l'avait rattrapée malgré les flammes ? Des gardes se seraient lancés à sa poursuite ? Dans tous les cas, un danger qu'il lui fallait fuir ! Elle se précipita au bord de cette ouverture sur la vie, et ne trouva que du vide et des récifs une quinzaine de mètres plus bas.

Ne t'arrête pas en si bon chemin, ce serait dommage de laisser ta peau après tout ça.

La ferme, la sirène !

Tale se concentra, tendit un autre doigt. Son couteau vibra et ruissela, non, il se changeait en une sorte d'eau qui coulait tout le long du bras pour former autre chose, des aiguilles autour de la croix à deux branches qui y était gravée. Une boussole ?

Des cris de terreur brisèrent ses réflexions. À l'autre bout du couloir, de sombres silhouettes armées d'acier accouraient en aboyant des flots d'injures.

Je n'ai plus le temps ! L'autre chant, la protection ! Ça suffirait à me sauver la vie si je sautais ?

Pour qui me prends-tu ? Tu pourrais sauter de trois fois plus haut que tu te relèverais en sifflotant.

Tale acquiesça et se concentra, elle laissa le chant de la protection s'élever en elle. Une douce chaleur irradia depuis son index, depuis sa tache de cristal. Elle attrapa le coquillage qui pendait encore autour de son cou et l'embrassa.

Papa, protège-moi !

Sans un regard en arrière, elle se jeta dans le vide.

ÉPILOGUE
UNE VIE À VIVRE

Tissé dans le sel et les cendres, l'océan de soie se déchirera au son d'une myriade de voix. De l'or d'hier tombera et raccommodera les abysses d'aujourd'hui. Une couronne, sertie d'émeraudes drapées de l'astre perfide, émergera de sillons oubliés et, enfin, sonnera le glas. Celui qui ne devait naître naîtra.

Vieille prophétie éolienne, date inconnue.

Une bourrasque lui caressa le visage, ça sentait le sable, l'iode et les fleurs. Ça sentait la maison. Elle ouvrit les yeux pour découvrir le Soleil se coucher sur sa Sadsande natale. Les Lunes se levaient alors que Tale se redressait sur son promontoire rocheux, la pointe d'une montagne qui n'avait jamais existé surplombant le cimetière de ses joies aux mille couleurs.

Les cieux flambaient comme un adieu, retrouverait-elle un jour ce paysage ?

C'est un joli rêve que tu fais là, petite reine. Mièvre, mais joli.

La sirène tomba des nuages, portée par ses six ailes aussi noires que le goudron. Des chaînes du même rose qui déchirait le ciel entravaient ses serres, ses griffes et sa bouche, mais elle s'assit près de Tale sans en être importunée.

« C'est étrange, n'est-ce pas ? Je n'ai jamais vu le village comme ça, pourtant, tout à l'air si réel. »

Ce village qui l'avait vue grandir, qui ne l'avait jamais acceptée. Ce village où elle avait tant souffert, mais tant rit également, dans les bras de Papa. À courir après Aghiles. À danser avec Lucretia. Elle avait tant voulu le quitter, ce village. Maintenant, elle donnerait tout pour le retrouver.

« Est-ce qu'il est possible d'aimer et de haïr quelque chose en même temps ? »

Tu connais déjà la réponse à cette question, non ?

Des mouettes crièrent au-dessus de la *Rose en Fleur*, Tale chassa l'embryon d'une larme.

La mère m'a vendu, plus rien ne m'attend là bas…

Elle balançait ses pieds dans le vide en se concentrant pour garder ses yeux au sec. Elle finit par se tourner vers la femme ailée.

« Je suis devenue une sorcière, alors ? Ça ne suffisait pas d'être une demie rien et une manchote, il faut que je cumule toutes les tares ? »

Tu as suffisamment laissé les autres te dicter ce qui était convenable, non ? Qui décide de ce qui est une tare si ce n'est celui qui aboie le plus fort ? Si ça te tient tellement à cœur, commence à crier plus fort que les autres et vis ta vie comme tu l'entends.

« À t'entendre, on pourrait penser que c'est vraiment aussi simple que ça. »

Tu es une sorcière, ma petite reine. Beaucoup de choses vont devenir plus simples dorénavant.

« Combien d'autres vont devenir plus difficiles ? »

Une nouvelle brise se leva, les plumes duveteuses de la sirène se collèrent à sa peau. Tale ferma les yeux pour apprécier leur caresse.

« Tu es un Vestige. Quand une sorcière meurt, son Vestige sort de son cadavre... Alors, si on est tombés sur toi dans les ruines de l'île, c'est parce que tu étais liée à Papa. Il est mort là bas, et toi, tu es sortie de lui, tu t'es retrouvée piégée. »

Onze ans plongée dans les ténèbres et dans la faim. J'étais si excitée de retrouver de la chair fraîche.

« Papa était un sorcier. Le cristal qu'il portait à l'oreille... »

Tale ramena son index à sa vue, et détailla la petite tache de cristal rosé qui s'y épanouissait.

« C'était pas un bijou. C'était la même chose que ça, la marque des sorcières. »

Tale contempla les maillons qui barraient la Lune Enchaînée.

« Comment Enthrall jugera-t-elle le pacte qu'il a passé avec toi ? Est-ce qu'elle a interdit son étreinte à Papa à cause de ça ? »

Tu devrais arrêter de te torturer avec des questions sans réponses et te concentrer sur l'avenir.

La sirène déploya ses ailes dans un tintement cristallin. Deux autres chaînes tombèrent des cieux, déroulant deux monstres cachés dans la pénombre, deux Vestiges qui marmonnaient des berceuses de leur myriade de voix.

Plutôt que de rêvasser, écoute mes frères et sœurs.

Leur mélodie était aussi effrayante qu'éblouissante. Ils chantaient avec tellement d'émotions contradictoires, Tale aurait voulu pleurer et rire ; danser et partir en courant ; aimer et haïr… Mais, au milieu de ce maelström de sentiments contraires, elle reconnut des refrains, puis des couplets. Elle apprenait leurs chants.

Un jour, tu seras peut-être assez forte pour t'ouvrir à nous tous, mais pour l'heure, il faudra te contenter de ceux-là.

« Mais vous êtes combien comme ça ? Qu'est-ce que vous êtes ? Qu'est-ce que c'est qu'un Vestige ? »

Qu'est-ce que c'est qu'une gamine ? Encore des questions sans réponse. Je suis ce que je suis, comme toi tu es ce que tu es, c'est tout. Cesse de perdre ton temps, et avance. Partons tailler ta vie dans ce qu'il reste de ce monde !

La sirène s'envola violemment, laissant valser une légion de plumes tout autour. Tale soupira, puis se releva en souriant. Son rêve s'achevait, mais sa nouvelle vie commençait. Son premier butin, qu'elle avait pillé dans les larmes et dans le sang : une vie à vivre.

Sa place l'attendait désormais, libre, sur les flots.

L'AVENTURE CONTINUE !

S'il reste encore une vie à vivre pour Tale, une vie que tu pourras suivre dans de prochaines novellas, d'autres aventures t'attendent dans le même univers :

CEUX QUI NE DEVAIENT NAÎTRE
◆1 L'éveil des oubliés

Une magie oubliée, des romances impossibles, des monstres avides de pactes, un ordre secret de chasseurs de sorcières, une lune enchaînée, un seigneur du crime sanguinaire et trois jeunes gens à la recherche de leur place dans un monde en proie à tous les maux.

Qui le monde n'aurait jamais voulu voir naître ?

Une noble héritière qui cherche à venger la mort de sa sœur, un chevalier en devenir prêt à tous les sacrifices pour se couvrir de gloire, un prince haï de son empire en quête de liberté.

Trois destins qui s'entremêlent sous le regard amusé d'une voyante et de sa renarde : les cartes sont formelles ! **Le monde chute, et ils auront chacun leur rôle à jouer. Lequel ?**

TABLE